Die Weiße Frau von Tecklenburg

Alte Sagen — Neue Geschichten

Erzählt von
Brigitte und Dorothee Jahnke

Die Weiße Frau von Tecklenburg

Alte Sagen – Neue Geschichten

Erzählt von
Brigitte und Dorothee Jahnke

1. Auflage

© 2010 Brigitte und Dorothee Jahnke

Layout und Umschlaggestaltung: Dorothee Jahnke
Text und Abbildungen: Brigitte und Dorothee Jahnke

Herstellung und Verlag:
Books on Demand GmbH, Norderstedt
ISBN 978-3-8423-3688-9

Inhaltsverzeichnis

Vorwort

Alte und neue Sagen und Geschichten haben die Autorinnen schon seit langer Zeit fasziniert, dabei stand von Anfang an das Gebiet um Tecklenburg im Mittelpunkt.

Das früher selbstverständliche Austauschen von Geschichten – bei der Arbeit und an langen Abenden ohne moderne Unterhaltungsmedien – ist heute leider verloren gegangen. Umso wichtiger ist es, alte Geschichten aufzuzeichnen, nachzuerzählen und vielleicht auch neue Geschichten in alter Erzähltradition zu entwickeln.
Vorbilder waren hier insbesondere der Osnabrücker Ludwig Schirmeyer und natürlich auch der Tecklenburger Sagenerzähler schlechthin: Friedrich Ernst Hunsche.

Im Buch finden sich aber auch wahre Geschichten aus Vergangenheit und Gegenwart, die so „verwunderlich" sind, dass niemand sie heute noch für wahr halten würde.

Tecklenburg im November 2010

Brigitte und Dorothee Jahnke

Weiße Frauen

Die Weiße Frau von Tecklenburg

*In fast jeder Burg gibt es ein Gespenst. Die „Weiße Frau"
von Tecklenburg gibt es sogar in mindestens drei Ausfüh-
rungen!*

Vor vielen Jahrhunderten heiratete ein Graf eine wunderschöne junge Frau. Sie war so schön, dass Ritter von weit
her kamen, nur um sie anzusehen und ihr vielleicht ein Ge-
dicht, ein Lied oder ein Geschenk zu bringen. Die junge
Gräfin war aber nicht nur stolz, sondern auch sehr eitel. Sie
konnte nicht ertragen, dass irgendeine andere Frau in ihrer
Nähe auch nur annähernd so schön war wie sie selbst.
Kurz nach der Hochzeit kam eine alte Frau auf die Burg und
las der Gräfin aus der Hand.
„Ihr werdet sieben Töchter haben. Eine jede schöner als Ihr
selbst, und Ihr werdet ein hohes Alter erreichen!", prophe-
zeite sie der erschrockenen jungen Frau.
Als das erste Kind der Gräfin geboren wurde, war es tat-
sächlich eine Tochter. Alle Besucher der Burg bewunderten
die Schönheit des Kindes und vermuteten, dass das kleine
Mädchen eines Tages noch viel schöner als die Mutter sein
werde.
Rasend vor Eifersucht erstickte die Gräfin eines Tages ihr
Kind mit einem Kissen. Anschließend beschuldigte sie die
Amme, für den Tod der Tochter verantwortlich zu sein. Die
arme Frau wurde vom Grafen hart bestraft.
Die zweite, dritte, vierte und fünfte Tochter wurden auf die
gleiche Weise ermordet. Stets wurden die Ammen für das
Verbrechen der Gräfin bestraft.

11

Die sechste und siebte Tochter wagte die Mutter nicht zu ermorden, weil ihre Umgebung inzwischen misstrauisch geworden war. Als aber die ersten Freier auf der Burg erschienen und ihre wunderschönen Töchter verehrten, vergiftete die missgünstige Mutter diese beiden Mädchen.

Trotz all dieser „Schicksalsschläge" blieb die Gräfin eine wunderschöne Frau, sie schien überhaupt nicht zu altern.

Als sie schließlich in hohem Alter starb, wurde sie in der Schlosskapelle begraben. Wegen der vielen Untaten, die die Gräfin begangen hat, findet sie im Grabe keine Ruhe: Um Mitternacht steht sie auf und macht eine Runde über die Burg und durch die Stadt. Zum Abschluss ihres Rundgangs sitzt sie auf der Kirchtreppe und weint bitterlich, danach muss sie in ihr Grab zurückkehren.

Trifft sie auf ihrem Rundgang ein Mädchen oder eine Frau, so schlägt sie ihr einen Spiegel ins Gesicht. Bis zum nächsten Mondwechsel muss das arme Opfer sterben.

Die Geschichte von der „Weißen Frau" in einer zweiten Version:

Auch diese schöne Gräfin ermordet aus Eifersucht ihre Töchter, die Zahl ist nicht so genau festgelegt. Die Mörderin wird überführt, weil sie durch ein Versehen in der Dunkelheit den Sohn einer Amme statt der eigenen Tochter erstickt. Bei lebendigem Leibe wird sie mit ihrem Spiegel in der Schlosskapelle eingemauert. Auch sie geht um Mitternacht durch die Stadt und schlägt jeder Frau, die sie unterwegs trifft, ihren Spiegel ins Gesicht.

Zur Entstehung der Sage ist zu vermuten, dass sie in der preußischen Garnison Tecklenburg von besorgten Müttern erfunden wurde, die ihre Töchter davon abhalten wollten, nachts das Haus zu verlassen.

Die Ruine der angeblichen Schlosskapelle

Die dritte Fassung der „Weißen Frau" ist älter und grund-verschieden:

Graf Simon von Tecklenburg war gemein, raffgierig und gewalttätig. Als sein Vetter Albert von Brochterbeck das väterliche Erbe antrat, wollte Simon sich dessen Besitz aneignen.

Er lockte den Vetter in einen Hinterhalt und brachte ihn als Gefangenen auf die Tecklenburg. Im Hungerturm musste Ritter Albert bei Wasser und Brot schmachten.

Alberts wunderschöne junge Frau Sophie erfuhr von der Gefangenschaft ihres Mannes und beschloss, ihn zu befreien. Sie nahm ihr gesamtes Bargeld, verkleidete sich als Bäuerin und begab sich mit ihrer Dienerin nach Tecklenburg. Die beiden Frauen gelangten unerkannt in die Burg, ein bestochener Diener erlaubte ihnen, den Kerker zu betreten.

In diesem Augenblick kehrte der Graf von der Jagd zurück. Sofort entdeckte er, dass im Kerker etwas nicht in Ordnung war. Beim Eintreten sah er die beiden Frauen und erstach sofort den ungetreuen Diener. Als die Frauen um Gnade baten, zog Graf Simon noch einmal seinen Dolch und stach dem gefesselten Ritter die Augen aus. Den Geblendeten schickte er mit der Dienerin auf die Landstraße.

Durch seine Soldaten ließ Graf Simon die schöne Sophie fesseln und im Turm anketten, wo sie nach einigen Wochen elend verhungerte.

Nach ihrem Tod erschien Sophie regelmäßig um Mitternacht: In ein weißes Trauergewand gehüllt, schwebte sie durch die Burg. An ihrer Seite rasselte ein schwerer Schlüsselbund. Sobald sie auf ihrem Weg einem Menschen begegnete, schlug sie ihm den Schlüsselbund ins Gesicht. Das arme Opfer musste bald darauf sterben.

Graf Simon ließ als Sühne für seine Untat eine Kapelle bauen. Trotzdem erschien weiterhin die Weiße Frau, um Rache zu üben. Erst nachdem Simon den geraubten Besitz des Ritters Albert der Kirche geschenkt und an einem Kreuzzug teilgenommen hatte, verschwand die „Weiße Frau" für immer.

Die Weiße Frau im 20. Jahrhundert

Eine Schulklasse nahm in der Jugendherberge Tecklenburg an einem Programm teil, zu dem auch gehörte, dass am Abend Sagen und Spukgeschichten erzählt wurden. Bei der Klasse war ein sehr engagierter Lehrer, der schon öfter mit Klassen in Tecklenburg gewesen war. Er versprach den Kindern, dass er ihnen zum Abschluss eine Spukgeschichte erzählen würde, die er in Tecklenburg selbst erlebt hatte:

Vor wenigen Jahren waren wir mit einer großen Schülergruppe in dieser Jugendherberge, als Betreuer hatten wir zwei Lehrer und eine Lehrerin. Es war fast schon Mitternacht, als endlich Ruhe einkehrte. Wir setzten uns mit einer Flasche Rotwein in den Aufenthaltsraum für Lehrer und wollten das Programm für den nächsten Tag noch einmal durchsprechen. Da merkte ich, dass ich keine Zigaretten mehr hatte! Das Haus war abgeschlossen, also kletterte ich durch das Fenster und ging über den Burgberg zum nächsten Zigarettenautomaten, der sich damals an der Geschäftsstelle der Freilichtbühne befand. Es war sehr dunkel, denn die Beleuchtung auf der Burg war ausgefallen.

Als ich am Krönchen um die Ecke kam, schlug die Kirchturmuhr Mitternacht. Mir bot sich ein wundervolles Bild, weil gerade der Vollmond über dem Münsterland aufging. Ich glaube, ich bin sogar einen Augenblick stehen geblieben. Nach dem letzten Schlag der Uhr herrschte Totenstille.

Die steile Treppe wollte ich nicht gerne im Dunkeln heruntergehen, also nahm ich den Weg um die Burg herum, am Gefängnis hinunter und dann über die Schlossstraße. Nicht weit vom Schlosstor sah ich aus den Augenwinkeln eine gebückte weiße Gestalt, die an der Mauer etwas zu suchen schien. Ohne mir etwas dabei zu denken ging ich weiter, holte meine Zigaretten und beeilte mich, wieder zu meinen Kollegen zurück zu kommen.

Auf der Burg angekommen, sah ich die Gestalt wieder. Sie schien zu schweben! Ihre hellen Kleider leuchteten im Dunkeln, sie suchte immer noch nach etwas auf dem Erdboden. Aber auch in den Kronen der Bäume hielt sie nach etwas Ausschau. Dann stieß sie plötzlich hohe, seltsam fiepende Töne aus. Es war aber kein Geräusch von Schritten zu hören. Ich nahm meinen ganzen Mut zusammen und schlich an der Erscheinung vorbei. Sie bemerkte mich nicht.

Die Weiße Frau von Holzhausen

Es war um das Jahr 1900, als man in der Nähe der Neuen Mühle in Lienen-Holzhausen des Öfteren eine weiße Frau sah, die von der Müllerwohnung zur Mühle rannte. Viele meinten, dass dies ein großes Unglück ankündigt.

An einem schönen Samstagmorgen wurde das Kind eines benachbarten Bauern getauft. Der stolze Vater hatte seine besten und feurigsten jungen Pferde vor die Kutsche gespannt und fuhr, die Peitsche knallend, mit der Taufgesellschaft von der Kirche nach Hause.

Dann, an der Mühle, scheuten die Pferde. Statt über die Holzbrücke zu gehen, wollten sie in den Bachlauf hinunter. Die Kutsche geriet ins Schlingern, schleuderte gegen das Mühlengebäude, die Deichsel brach, die Pferde gingen durch und wurden erst viel später auf einem anderen Bauernhof wieder eingefangen.

Der Bauer und sein älterer Sohn konnten sich durch einen Sprung vom Kutschbock retten, während die drei Paten aus der Kutsche geschleudert wurden. Die beiden älteren verstarben noch an Ort und Stelle, eine junge Frau bald darauf im Lengericher Krankenhaus. Nur die Hebamme und der Täufling blieben unverletzt.

Um die Toten zu bedecken, rannte die Müllerin mit weißen Leinenlaken von ihrer Wohnung zum Unglücksort – so weiß wie die weiße Frau, die man zuvor so oft gesehen hatte.

Die Weiße Frau von Wersen

Ein armer Ritter lebte vor vielen Jahrhunderten mit seiner Familie bei Wersen. Seine Burg war klein, feucht und kalt und das Dach war schon lange undicht. Alle Bauernhöfe, die zum Besitz der Familie gehört hatten, waren bereits vor vielen Jahren verkauft worden.

Mit seiner Frau hatte er zwölf Kinder. Aber außer der jüngsten Tochter Maria starben alle anderen schon als Säuglinge oder Kleinkinder. Maria war unter allen Edelfräulein der Grafschaft Tecklenburg die Allerschönste. Sie hatte viele Verehrer. Aber keiner wollte sie heiraten – denn von ihrem Vater hatte sie außer der verfallenen Burg keinerlei Mitgift zu erwarten.

Als Maria schon zwanzig Jahre alt war und alle ihre Freundinnen längst verheiratet waren, hatte sie sich in den Bauernsohn Arnold aus der Nachbarschaft verliebt. Weil sie nicht wagten, mit ihren Familien zu sprechen, trafen sich die beiden heimlich.

Eines Tages kam der reiche Kaufmann Otto aus Osnabrück zur Burg geritten. Er war ein unfreundlicher, alter Mann. Otto band sein Pferd vor der Zugbrücke an – für einen Reiter war sie viel zu morsch – und klopfte kräftig an die Haustür.

Marias Eltern empfingen den alten Mann, der schon bald unmissverständlich erklärte, dass er Maria heiraten werde. Otto versprach ihnen: „Schon vor der Heirat werde ich die Burg renovieren und alle eure Schulden bezahlen. Eine Mitgift brauche ich nicht!"

Als die Mutter sagte „Ich will aber zuerst mit Maria reden!", wurden die Männer böse. Schließlich besiegelten sie den Heiratsvertrag und vereinbarten den Hochzeitstermin für den Beginn des nächsten Jahres.

Am Abend ließ der Vater Maria zu sich kommen und erklärte ihr: „Bald nach Ostern wirst du den Kaufmann Otto heiraten. Du hast ihn sicherlich vorhin kommen sehen. Und damit deine Ausbildung komplett wird, gehst du bis dahin zu deiner Patentante ins Kloster nach Leeden."

Maria war wie gelähmt, denn sie wusste, dass sie gegen ihren Vater keine Chance hatte. Vielleicht würde die Tante ihr helfen. Aber die hatte überhaupt kein Verständnis. Als Maria ihr von Arnold erzählte, wurde die Tante sehr wütend und sorgte dafür, dass Maria das Kloster nicht mehr verlassen konnte. Viele Nächte lang weinte Maria. Ihr fiel kein Ausweg ein, niemand konnte ihr helfen. Sie hoffte nur, dass die Zeit bis Ostern noch ganz lange dauern würde.

Aber sie verging viel zu schnell. Am Vortag der Hochzeit ritten Maria und die Tante mit mehreren Knechten nach Wersen. Die kleine Burg war gar nicht wiederzuerkennen: die Gräfte war vom Schlamm befreit, die Brücke neu gebaut, es gab keine löchrigen Dächer und Fensterscheiben mehr und im Kamin flackerte ein mächtiges Feuer. In allen Räumen standen neue, prächtige Möbel. Es war warm, sauber und trocken.

Nach einer schlaflosen Nacht wurde Maria am nächsten Morgen in kostbare, neue Kleider gesteckt und zur Kirche gebracht. Seit ihrer Ankunft hatte sie kein Wort gesprochen. Alle sagten: „Sie ist so aufgeregt wegen ihrer Hochzeit!" Das Jawort in der Kirche kam nur ganz leise von ihren Lippen, vor dem Kuss des alten Mannes schreckte Maria zurück. Sie hatte ihn bisher nie aus der Nähe gesehen und nun sollte sie seine Ehefrau sein.

Bei der Rückkehr nach Hause sah Maria voller Staunen, dass ein ganzer Ochse am Spieß gebraten wurde. Große Fässer mit Bier und Wein standen bereit und bald saßen fast 100 Gäste zum Hochzeitsessen am Tisch. Nach dem Essen wurde gesungen, getanzt und fleißig getrunken. So fiel es niemandem auf, dass die junge Braut verschwunden war. Gegen Mitternacht, als sich das Brautpaar ins Schlafzimmer zurückziehen sollte, begann man endlich, nach ihr zu suchen. Erfolglos.

Erst am nächsten Tag wurde Maria gefunden: sie hatte sich in ihrer Verzweiflung in der Gräfte ertränkt.

Am Tag nach ihrem Begräbnis erschien Maria zum ersten Mal ihrer Familie als Weiße Frau. Bitterlich weinend ging sie nachts in ihrem blütenweißen Totenhemd durch das Schloss. Ihr Schluchzen hörte man in weiter Umgebung und am nächsten Morgen sah man blutige Tränen auf allen Treppen und Fußböden.

Nach wenigen Wochen verließen die Eltern das Haus. Niemand konnte dort mehr leben.

Ein weiser Mann sagte: „Maria wird erst Ruhe in ihrem Grab finden, wenn die Burg nicht mehr da ist!"

Also wurde die wunderschön renovierte Burg abgebrochen.

Nun irrte der Geist durch den Garten und stand immer, sobald es Mitternacht wurde, laut schluchzend an der Gräfte.

Erst nachdem alles, was an die Burg erinnerte, dem Erdboden gleich gemacht worden war, fand Maria ihren Frieden.

Wie alles begann

Ida, Thekla und Ravenna

Vor vielen Jahrhunderten lebte ein sächsischer Fürst in dieser Gegend. Manche sagen sogar, dass es Widukind selbst war. Er hatte alles, was ein Fürst braucht: unermesslich groß waren seine Macht, sein Reichtum und seine Klugheit. Als Ritter war er ungeschlagen im Kampf. Er hatte eine wunderschöne Frau. Seine drei Töchter waren vielleicht sogar noch schöner. Nur ein männlicher Erbe fehlte ihm.

Als Pläne für die Verheiratung seiner Töchter gemacht wurden, zerteilte der Fürst sein Reich in drei gleiche Teile, denn jede sollte ihrem Mann eine gleich große Mitgift mitbringen. So erhielt Ravenna die Ravensburg, Ida die Iburg und Thekla die Tecklenburg.

Die Enakiter gründen Tecklenburg

Als Josua den Stamm der Enakiter aus dem Lande Kanaan vertrieb (Altes Testament, Buch Josua, Kap.11), sollen diese bis in die Norddeutsche Tiefebene geflüchtet sein. Dort lebten sie in Ruhe und Frieden, bis eines Tages die große Flut kam. Um sich zu retten, flüchteten die Enakiter weiter nach Süden, doch das Wasser stieg höher und höher.

Als man schon jede Hoffnung auf Rettung aufgegeben hatte, erschien am Horizont der Bergzug des Teutoburger Waldes. Voller Freude riefen die Geretteten: „Tekene de borg!" („Seht, ein Zufluchtsort!"). Nachdem die Enakiter sich auf dem Berg in Sicherheit gebracht hatten, bauten sie an dieser geschützten Stelle eine Burg.

Überreste dieser alten Burganlage sollen sich angeblich noch im Fundament des ehemals mächtigen Schiffsturms unmittelbar neben dem Zuschauerraum der Freilichtbühne befinden.

Das hockende Weib

Vor vielen hundert Jahren lebte am Fuße des Teutoburger Waldes bei Ibbenbüren eine arme Witwe mit ihren Kindern. Arm, aber glücklich, wohnten sie alle in einer kleinen Hütte. Eines Tages, als die Kinder gerade auf der Wiese vor dem Haus spielten, hörte man in der Ferne ein lautes Brausen. Eine hohe Wasserflut donnerte heran!

„Mutter, Mutter, das Wasser kommt!", schrien die Kinder und rannten ins Haus.

„Schließt die Tür, hier sind wir sicher!", rief die Mutter. Doch schon im selben Augenblick schoss das Wasser in die Stube.

Die Mutter nahm ihre Kinder an der Hand und versuchte, mit ihnen den Kamm des Teutoburger Waldes zu erreichen. Der Berg war steil und für den Augenblick waren sie gerettet. Aber das Wasser stieg immer schneller. Schon bald spülte es um ihre Füße und Knie. Sie kamen kaum noch voran. Die Mutter nahm ihre Kinder auf den Arm. Als sie merkte, dass sie nie einen sicheren Ort erreichen würden, betete sie zu Gott, dass er die Kinder retten solle.

Da ließ Gott die Mutter zu einem mächtigen Stein erstarren, auf dem die Kinder die Flut unbeschadet überlebten.

Eine andere Version des „Hockenden Weibes" spielt in der Sachsenzeit:

Damals lebte eine Mutter mit ihrem kleinen Sohn am Hang des Teutoburger Waldes bei Dörenthe. Sie führten ein zufriedenes Leben, hatten ein sicheres, warmes Haus und genug zu essen und zu trinken.

Eines Tages begann ein heftiger Regen, der Wochen und Monate dauerte. Das ganze Münsterland versank im Wasser. Die Flut stieg höher und höher und erreichte schließlich auch Dörenthe.

Als das Wasser in die Hütte eindrang, rief die Frau voller Angst nach ihrem Sohn. Zusammen flüchteten sie den steilen Berg hinauf. Mit Entsetzen sahen sie auf die steigenden Fluten. Da sank die Mutter auf die Knie und betete zu Wotan, dass er ihren Sohn retten solle.

Wotan erhörte die Mutter und verwandelte sie in einen hoch aufragenden Fels, auf dem der Sohn in Sicherheit war, bis dass das Wasser ablief.

Der Heidentempel

Der Heidentempel liegt auf dem Brochterbecker Berg, nicht weit vom Tecklenburger Stadtzentrum entfernt.

An dieser Stelle befand sich in der Germanenzeit ein wichtiges Heiligtum des Gottes Wotan. Steile Felswände umgeben dort ein fast ebenes Podest, das hoch über dem Abhang steht. Dies war der Platz des obersten Priesters. Hier wurden bis zur Christianisierung dem Gott Wodan Tier- und Menschenopfer dargebracht.

Die Opferstelle ist noch heute deutlich an der in den Fels gemeißelten Blutrinne zu erkennen. Zwei Nischen im Gestein dienten zur Aufbewahrung von geheimnisvollen Kultgegenständen.

An diesen heiligen Ort flüchtete auch der Sachsenherzog Wittekind, als er vor über eintausend Jahren von den Häschern Karls des Großen verfolgt wurde. Bei einem letzten Zweikampf starb Wittekind für seine alten Götter.

Diese Gruselgeschichte ist erst um 1900 entstanden. Genau wie einige andere Sagen, ist auch der „Heidentempel" am Stammtisch in der ehemaligen Gastwirtschaft „Burghof" entstanden. In diesem Fall ging man sogar noch einen Schritt weiter: gegen einige Gläser Bier und ein wenig Bargeld erklärte sich ein junger Steinmetz bereit, an der genau bezeichneten Stelle die Blutrinne und auch die beiden Nischen in den Fels zu hauen.

Schon 1907, bei den ersten Aufführungen der Tecklenburger Freilichtbühne, waren die Erlebnisse des Herzogs Widukind im Tecklenburger Heidentempel Thema eines kurzen Theaterstücks.

Hünengräber

Heute wissen wir, dass Großsteingräber wie die Großen und die Kleinen Sloopsteine (Westerkappeln und Wersen) oder das Megalithgrab in Lengerich-Wechte während der sogenannten Steinzeit von Menschen angelegt wurden. Sie waren gute Handwerker und kannten allerlei technische Tricks, um die großen Steine zu transportieren und aufzustellen.

Bis vor einigen Jahrzehnten konnte man sich nicht vorstellen, dass es früher Menschen gab, die derartige Fähigkeiten hatten. Deshalb erzählte man sich viele Geschichten über den Ursprung solcher Steingräber.

Vor vielen tausend Jahren lebten in unserer Gegend Menschen, die so riesengroß waren, dass ihnen die größten Bäume gerade mal bis an die Oberschenkel reichten. Heute werden sie Hünen genannt. Sie wohnten in großen Höhlen unter der Erde, die so hoch waren, dass sich kein Hüne jemals den Kopf gestoßen hat.

Ihre Kinder waren schon bald nach der Geburt so hoch wie ein kleiner Kirchturm.

Die Hünen waren friedlich, hatten aber immer einen riesengroßen Hunger. Hauptsächlich ernährten sie sich von großen Tieren, die sie fingen, um sie dann roh zu verspeisen. Kühe, Schweine oder Geflügel achteten sie nicht, denn diese Tiere waren für sie so klein, wie für uns die Fliegen. Auch Gemüse stand nicht auf ihrer Speisekarte.

Das Megalithgrab in Wechte

Wenn die Hünen Spaß haben wollten, warfen sie mit großen Findlingen und Felsen nacheinander, so wie wir Völkerball oder mit Murmeln spielen.

Manchmal rissen sie einen Baum aus, um sich damit den Rücken zu kratzen. Andere Bäume benutzten sie, um sich Verstecke zu bauen. Besonders gerne staute man auch Flüsse und Bäche auf, um Seen anzulegen oder Land zu überschwemmen. Vielleicht ist ja das Heilige Meer so entstanden?

An manchen Stellen kann man sogar noch die Fußabdrücke der Hünen im Stein sehen. Nach seinem Tod wurde jeder tote Hüne in seinem eigenen Hünengrab begraben, das ihm von seinem Stamm gebaut wurde.

Weil eines Tages die großen Tiere, die wir heute Dinosaurier nennen, aufgegessen waren, mussten schließlich alle Hünen verhungern.

Das Heilige Meer

Das fast kreisrunde Heilige Meer entstand vor über 1000 Jahren durch einen Erdfall dort, wo heute die Gemeinden Hopsten und Recke aneinander stoßen. Ein ähnlicher – aber viel kleinerer – Erdfallsee entstand im April 1913 in unmittelbarer Nähe. Als Ursache für Erdfallseen wird angenommen, dass es tief unter der Erdoberfläche zu Auslaugungen von Salz, Kalk und Gips kommt. Eines Tages, wenn die Hohlräume zu groß werden, brechen diese ein und an der Erdoberfläche entsteht ein tiefes Loch.

Was genau vor 1000 Jahren geschah, weiß man heute nicht mehr. Die Menschen haben aber durch ihre Erzählungen die Erinnerung an ein großes Unglück über Jahrhunderte aufrecht erhalten.

Da jeder die Geschichte ein wenig anders erzählt, gibt es viele unterschiedliche Sagen über das Heilige Meer.

Vor ungefähr 1000 Jahren gab es an der Stelle, wo heute das Heilige Meer ist, ein reiches Kloster. Sogar der Kaiser hatte Geld gestiftet, damit dort die Menschen für sein Seelenheil beteten. Es war ein ganz besonderes Kloster, in benachbarten Häusern wohnten hier Mönche und Nonnen.

Die ersten Generationen lebten ganz streng nach den Klosterregeln. Aber eines Tages begann man, üppigere Mahlzeiten zu kochen. Zu jeder Mahlzeit wurde, statt selbst gebrautem Bier, teurer Wein aus Frankreich und Italien getrunken. Alles Geld, das ihnen für die Unterstützung der Armen gespendet wurde, verbrauchten die Mönche und Nonnen für ihren üppigen Lebenswandel.

Schließlich kamen sogar Spielleute ins Kloster. Die Nonnen und Mönche feierten wüste Feste. Die Bauern tuschelten inzwischen darüber, dass im Nonnenkloster Kinder geboren wären. Der Wirtschaftshof des Klosters verkam immer mehr. Die Bauern wurden schlecht behandelt.

Und – am Allerschlimmsten – die Feiertage und Fastenzeiten wurden nicht mehr eingehalten. Die Mönche und Nonnen gingen immer seltener zur Messe.

Natürlich erfuhr der Bischof von dem liederlichen Betragen. Er schickte einen frommen Priester zum Kloster, der dafür sorgen sollte, dass die Gebote Gottes und der Kirche wieder eingehalten würden.

Nach langem Fußweg erreichte der Priester spät am Abend eines Fastentages das Kloster. Schon von Weitem sah er hell erleuchtete Fenster und hörte Tanzmusik. Es roch nach lekkerem Braten. Der Priester klopfte an die Klosterpforte und rief immer wieder: „Euer Bischof hat mich geschickt!" Niemand öffnete. Nach langer, langer Zeit kam ein betrunkener Mönch an die Tür und lallte: „Geh zurück zum Bischof, wir lassen uns nicht den Spaß verderben!"

Da der Priester wusste, dass er nichts ausrichten konnte, machte er sich auf den Weg zu einem nahe gelegenen Bauernhof. Dort bat er um ein Bett für die Nacht. Die Bauersleute gaben dem Fremden einen warmen Platz am Herdfeuer. Lange Zeit betete er darum, dass Gott dem furchtbaren Treiben im Kloster ein Ende bereiten solle.

Beim ersten Morgengrauen bebte die Erde, es gab einen furchtbaren Donnerschlag. Voller Angst und Schrecken verließen alle das Haus. Schon bald sahen sie, dass dort, wo

Das Heilige Meer

Der Erdfallsee

zuvor noch das Kloster gewesen war, eine riesige Staubwolke schwebte.

Die Menschen wollten zum Kloster rennen, konnten es aber nicht erreichen, weil Häuser und Wirtschaftsgebäude und auch die Felder in die Tiefe gestürzt waren. Gurgelndes Wasser schoss aus dem Grund.

Schon bald war nichts mehr von dem einst so reichen und mächtigen Kloster zu sehen. Innerhalb weniger Stunden war das Heilige Meer entstanden und alles Böse und Schlechte lag nun unter Wasser.

Manche erzählen, dass die Klosterbewohner die Möglichkeit haben, irgendwann einmal wieder ans Tageslicht herauf zu kommen. Deshalb darf alle hundert Jahre einer der Mönche an die Oberfläche kommen, um zu sehen, ob die Welt besser geworden ist. Wenn sie sich nicht geändert hat, muss er wieder auf den Grund des Sees hinab.

Es gibt auch Menschen, die behaupten, dass man manchmal, wenn man in der Weihnachtsnacht ganz nah an das Wasser geht, die Glocken der Klosterkirche hören kann.

Es ist ein böses Zeichen, das auf Kriege und Katastrophen im nächsten Jahr hinweisen soll.

Die Heilige Anna von Breischen

Im Jahr 1677 wurde in Hopsten-Breischen eine uralte Eiche gefällt. In einem Hohlraum des Stammes fand man ein spätmittelalterliches Gnadenbild, das die „Heilige Mutter Anna Selbdritt" darstellte. Also die Mutter Anna, die ihre Tochter Maria trägt, auf deren Schoß ein segnendes Jesuskind sitzt. Die heilige Anna galt als Patronin der Familien und auch der Handelsleute.

Vermutlich wurde das Bild während der Reformationszeit vor Bilderstürmern im hohlen Baumstamm in Sicherheit gebracht und danach vergessen.

Die Kapelle der Heiligen Anna in Breischen

Das Heiligenbild wurde vom Bauern, der den Baum gefällt hatte, mitgenommen. Weil er mit dem Bild so gar nichts anfangen konnte, landete es schließlich auf dem Dachboden und wurde vergessen. Eines Tages wurde es wieder gefunden und heruntergeholt, danach trieb man bei einer Feier allerhand Unfug mit der Statue. Plötzlich zersprangen ohne sichtbaren Grund alle Fenster in dem Haus.

Einige Zeit später gerieten die Brüder Johann und Dietrich Teeken, zwei Tödden, auf einer Verkaufsreise in Holland in Seenot. Ein heftiger Sturm brachte ihr kleines Schiff fast zum Kentern. Im Sturm knieten sie nieder und beteten um Rettung. Sie gelobten, der Heiligen Anna in Hopsten eine Kapelle zu bauen, wenn sie aus der Seenot gerettet würden. Und tatsächlich: die Männer überlebten.

Schon bald nach der glücklichen Heimkehr begann man im Jahr 1694 mit dem Bau der kleinen Kapelle, die genau dort stand, wo man fast 20 Jahre zuvor die Eiche gefällt hatte.

Viele Menschen aus den umliegenden Gebieten pilgerten nach Breischen, das zu einer beliebten Wallfahrtsstätte wurde. Schon bald war die Kapelle viel zu klein und musste abgerissen werden. 1728 entstand die heute noch bestehende Kapelle, an deren Eingangstür steht:
„Im Jahre 1677 ist hier eine Eiche gefällt worden, die das gegenwärtige Bild der Hl. Anna hervorgebracht hat, zu deren Ehre 1694 ein Kapellchen errichtet und diese Kapelle an der Stelle des Kapellchens 1728 erbaut worden ist."

Nach einer Blütezeit im 18. Jahrhundert folgte ein Niedergang der Annenwallfahrt. Erst der Hopstener Pfarrer Wilhelm Emmanuel von Ketteler belebte Mitte des 19. Jahrhunderts die Wallfahrt wieder.

Ritter, Burgen und Verliese

Geschütze

Bis zum 18. Jahrhundert trugen Geschütze als repräsentativer und wertvoller Besitz eines Burgherrn ganz persönliche Namen. Auch die Tecklenburger Kanonen waren als unverkennbare Einzelstücke mit Namen versehen. Als die Burg geschleift wurde, ließen die Preußen die sieben noch erhaltenen Kanonen in das Zeughaus nach Potsdam schaffen, wo sie noch längere Zeit zu besichtigen waren.

Es ist anzunehmen, dass sie später eingeschmolzen wurden.

Von einer dieser Kanonen wurden wahre Heldentaten berichtet. Sie stand auf dem Wall in der Nähe des heutigen Wierturms und war gegen das Münsterland gerichtet. Auf ihrem Lauf trug sie den folgenden Spruch:

> *Graute Greite heit ik.*
> *Siewen Milen scheit ik.*
> *Den ik driäp, den gröüt ik.*

Die folgende Sage berichtet von ihr:

Die „Graute Greite"

Als die Grafen von Tecklenburg wieder einmal gegen den Bischof von Münster Krieg führten, ließ der bischöfliche General vor dem Kampf im Feldlager in der Heide bei St. Mauritz eine strenge Musterung seiner Truppen durchführen. Nach erfolgreicher Kontrolle lud der General seine Offiziere zu einem Festessen ein. Wegen des schönen Wetters tafelte man im Freien, es wurde reichlich gegessen und getrunken.

Der Tecklenburger Burghauptmann hatte besonders gute Augen. Er sah, dass sich am Horizont etwas ereignete und beschloss, dem gegnerischen Lager eine kleine Aufmerksamkeit zu schicken.

Er ließ seine „Graute Greite" mit einer besonders großen Portion Schwarzpulver laden und befahl, auf die Mitte des Lagers zu zielen. Dort befand sich mitten auf der Tafel der Offiziere ein kross gebratener Schweinskopf mit einem Apfel im Maul. Das Geschoss vernichtete ihn vollkommen.

Der Eindruck dieser gefährlichen Waffe auf die bischöflichen Truppen blieb nicht aus: es wurden Unterhändler ausgesandt, die mit dem Grafen einen Friedensvertag aushandelten.

Dodo und Paula

Kommt man die Straße vom Tecklenburger Bahnhof zur Stadt hinauf, sieht man ungefähr auf halber Höhe zwei große Steine: Auf der rechten Seite den Dodofelsen, gegenüber auf der linken Seite den Paulafelsen. Diese Felsen sollen in früherer Zeit Menschen gewesen sein.

Damals lebte ein hartherziger Graf auf der Tecklenburg, der seine Tochter Paula an einen reichen Mann aus dem Hochadel verheiraten wollte. Sie bat ihren Vater inständig, seinen Willen zu ändern. Doch er sah dafür keinen Grund.

Also floh Paula weinend zu Dodo, dem Jäger des Grafen. Die beiden waren schon seit langer Zeit ein heimliches Liebespaar, aber der Graf hätte einer Heirat nie zugestimmt.

Sie schmiedeten einen Fluchtplan für die folgende Nacht.

Dodo wartete mit zwei Pferden vor dem Tor der Burg und sie schafften es tatsächlich, ungesehen ins Freie zu gelangen. Doch durch den Hufschlag der Pferde wurden die Wächter alarmiert. Sie verfolgten zusammen mit dem Grafen das Paar und kamen ihnen immer näher.

Weil Paulas Pferd langsamer war als Dodos feuriger Hengst, bemerkte er beim Sprung über einen kleinen Bach zunächst nicht, dass sie gestürzt war.

Dodo sprang vom Pferd, warf sich auf die Knie und flehte Gott an, Paula nicht in die Hände ihres bösen Vaters fallen zu lassen.

Als der Graf und seine Leute kurz darauf die Geflohenen erreichten, fanden sie keine Menschenseele mehr vor. Denn das junge Paar hatte sich durch Gottes Hilfe in zwei große Felsblöcke verwandelt.

Die Hexe im Grund

Minna war eine gute Hausfrau und Mutter. Ihr Haus war das Sauberste in ganz Tecklenburg und es gab keine Kinder, die artiger waren als ihre.

Das machte ihre Nachbarinnen sehr neidisch. Eines Tages verbreiteten sie das Gerücht, Minna sei eine Hexe. Sie hätten gesehen, wie sie in der Nacht um den Brunnen auf dem Marktplatz geschlichen sei. Dabei hätte sie etwas verstreut und Hexensprüche gemurmelt. Danach wären viele Menschen in der Stadt krank geworden.

Als die anderen Tecklenburger begannen, Minna und ihre Familie zu meiden, ging ihr Mann zum Grafen und klagte ihm sein Leid. Weil der Graf genau wusste, dass es keine Hexen gibt, ließ er die beiden Nachbarinnen ins Gefängnis werfen.

Die Männer dieser Frauen litten furchtbar, denn es kümmerte sich niemand mehr um ihren Haushalt und die Kinder blieben unversorgt. Als sie vom Grafen forderten, ihre Frauen freizulassen, erwiderte dieser: „Das mache ich – aber

zuerst müsst ihr alle euch bei Minna und ihrer Familie ent-
schuldigen."
Zähneknirschend entschuldigten sich die Nachbarn bei Minna. Und nachdem die Frauen aus dem Gefängnis freige-
kommen waren, verließen sie mit ihren Familien Tecklenburg und wurden nie wieder gesehen.

Echter Tecklenburger Essig

Es gab einmal einen Grafen, der eine große Vorliebe für
edle Weine hegte. Diese Weine importierte er in großen
Mengen für teures Geld aus Frankeich und Italien. Als er
merkte, dass ihm seine Leidenschaft ein klaffendes Loch in
die Kasse fraß, ließ er seine Berater zu sich kommen. Er
fragte sie, wie er für wenig Geld viel Wein bekommen
könnte.
Die Männer rechneten und überlegten einige Stunden, dann
sagten sie: „Am besten bauen wir den Wein selbst an! Dann
sparen wir zumindest die Transportkosten. Und denkt nur an
die Zölle..."
Die Gräfin aber lachte darüber. „Bei unserem Wetter Wein?
Das wird doch nichts!"
„Du wirst schon sehen", antwortete ihr Mann. „Meinetwe-
gen können wir wetten – ich werde dir beweisen, bald gibt
es Tecklenburger Wein!"
Und so ließ der Graf Winzer nach Tecklenburg kommen, die
ihm einen Weingarten anlegten.
Es dauerte fast fünf Jahre, bis er den ersten Wein verkosten
konnte. Zu diesem Zweck holte er die Gräfin und seine Berater zu sich.
Die Ehre des ersten Probeschlucks stand der Graf seiner
Frau zu. Immerhin hatte sie behauptet, Tecklenburger Wein
wäre ein Ding der Unmöglichkeit.

Sie hob den Kelch, nahm einen Schluck – und spuckte den Wein in hohem Bogen aus!

„Ekelhaft!", rief sie. „Das Zeug ist so schlecht – das taugt nur als Essig!"

So kam es, dass der Graf – statt echtem Tecklenburger Wein – echten Tecklenburger Essig produzieren ließ.

Der heutige Tecklenburger Weinberg

Malgarten

Graf Simon von Tecklenburg hatte sich einst ein schweres Geschwür am Bein zugezogen, das ihm durch ständige starke Schmerzen das Leben zur Qual machte. Er ließ viele Ärzte kommen, die sein Bein untersuchten. Doch keiner wusste Rat. Alle Mittel der Ärzte, alle ihre Behandlungsmethoden waren vergebens.

Mit der Zeit verzweifelte er immer mehr und war bereit, fast alles zu tun, wenn ihm nur die Krankheit und die Schmerzen genommen würden.

Schließlich fasste er den Entschluss, sein Schicksal in Gottes Hand zu legen: Er gelobte, ein Benediktinerinnenkloster zu gründen, wenn Gott ihn heilen würde. Die Bitte des Grafen wurde erhört, denn schon bald heilte das Geschwür.

Und weil er ein Ehrenmann war, der ein Versprechen nicht einfach so stehen lassen konnte, baute er eine an der Hase gelegene Burg zu einem Kloster um. Dieses Kloster erhielt den Namen Mariengarten, der sich später zu Malgarten entwickelte.

In ihrem Testament bestimmten Simon und seine Gattin, dass sie in Malgarten beigesetzt werden. Als man eines Tages die Gebeine der beiden nach Tecklenburg überführen wollte, öffnete man die Grüfte und fand heraus, dass Simons Bein von einem leuchtenden goldenen Ring umgeben war.

Der tiefe Brunnen auf der Kallage

Ein wenig östlich von Tecklenburg steht auf der Kallage ein altes Fachwerkhaus mit einem Brunnen. Ein Stück von diesem Brunnen entfernt befand sich früher ein Stein. Die Entfernung zwischen Brunnen und Stein soll der Tiefe des Brunnens entsprechen. Zur Entstehung dieses Brunnens gibt es eine Sage, die in verschiedenen Versionen überliefert wurde.

Vor langer, langer Zeit ließ der Tecklenburger Graf zwei junge Männer gefangen nehmen. Aufgrund einer bösen Tat, die uns nicht näher bekannt ist, drohte ihnen eine lange Gefängnisstrafe: Mindestens zehn Jahre im schlimmsten Kerker der Tecklenburg!

Die Männer flehten den Grafen an, er möge sie wegen ihrer Jugend verschonen. Der Graf ließ sich jedoch zunächst nicht erweichen – Strafe müsse schließlich sein. Doch dann kam ihm eine Idee: „Wenn ihr mir einen Brunnen grabt, lasse ich euch frei!"

Den beiden Männern kam das Angebot des Grafen seltsam vor. Sie fragten nach: „Wir müssen wirklich nur den Brunnen graben, dann sind wir frei?" Der Graf antwortete: „Ich zeige euch den Ort, an dem ich meinen Brunnen haben will. Sobald ihr Wasser findet, dürft ihr nach Hause zurückren."

Die Männer zögerten nur einen kurzen Moment, dann nahmen sie das Angebot des Grafen dankend an, folgten ihm zum Forsthaus an der Kallage und begannen sofort mit dem Graben. Denn, wie lange konnte es schon dauern, einen einfachen Brunnen zu graben?

Anfangs ging die Arbeit leicht voran. Doch schon bald stießen die Männer auf massiven Sandstein. Es vergingen Wochen, Monate, Jahre und schließlich Jahrzehnte, ohne dass sie auch nur einen Tropfen Wasser aus dem Boden gewannen. Keiner der beiden hoffte mehr, nach Hause zurückkehren zu können.

Eines Tages sprudelte plötzlich Wasser aus dem Felsen unter ihren Füßen hervor! Die beiden alten Männer wurden aus dem Brunnen gezogen, fielen sich jubelnd in die Arme – und stürzten tot zu Boden. Die plötzliche Freude über ihre Rückkehr in die Heimat hatte ihnen die Herzen gebrochen.

Hugo Strothmann schreibt in seinem Buch „Wasserversorgung im Tecklenburger Land einst und heute" von einer ähnlich sagenhaften, aber dafür wahren Begebenheit aus den frühen 1960ern, an der Hubert Dohe, Hermann Kipp, Erich Duwendag „und sicher noch einige Zuschauer" beteiligt waren:

Eine vermisste Pute wurde nach mehreren Tagen im tiefen Brunnen auf der Kallage entdeckt. Sie saß – noch lebend – im rund 26 Meter tief gelegenen Felsausbruch des Brunnenschachtes fest und kam aus eigener Kraft nicht mehr hinaus. Wäre sie im Brunnen verendet, hätte sie das Trinkwasser ‚vergiftet'. Es musste also schnell gehandelt werden.

Hubert Dohe erklärte sich zur Rettung der Pute bereit. Aber ein Abstieg per Leiter war aufgrund der Tiefe des Brunnens nicht möglich. Daher wurde er mit einer Seilwinde von Erich Duwendag in den Brunnen hinabgelassen. Die Pute transportierte man in einem Korb an einem weiteren Seil sicher zurück ans Tageslicht.

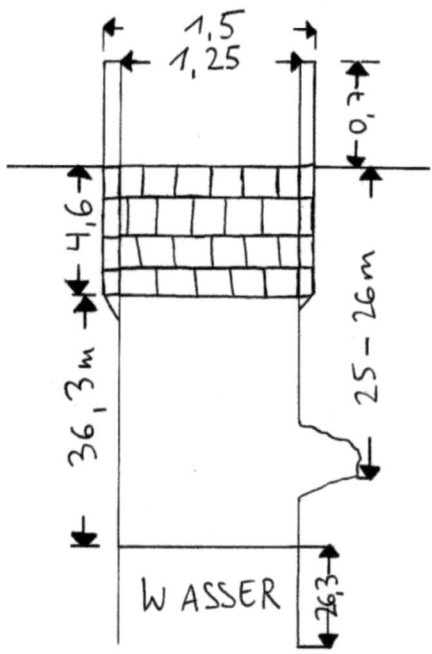

Felsausbruch des Brunnens an der Kallage
Zeichnung: D. Jahnke (nach H. Strothmann)

Ritter Hans von der Kronenburg

Vor vielen Jahrhunderten lebte der junge Ritter Hans von der Kronenburg glücklich und zufrieden mit seiner wunderschönen Frau Mathilde auf der Kronenburg in der Lengericher Bauerschaft Antrup.

Kurz nach der Heirat wurde das junge Paar zu einem großen Ball auf die Tecklenburg eingeladen. Alle Männer bewunderten Mathilde. Ritter Ulrich, der Droste des Grafen, verliebte sich an diesem Abend unsterblich in die junge Frau.

Ulrich sorgte dafür, dass Hans vom Grafen auf eine gefährliche Mission nach Rom geschickt wurde. Dort erkrankte er an der Malaria. Als ihn heftiges Fieber plagte, schickte Hans durch einen Boten einen Brief nach Tecklenburg. Er schrieb, dass er zwar krank sei, aber in einigen Wochen ganz bestimmt nach Hause kommen werde.

Der listige Droste fing den Boten ab, gab ihm vergiftetes Bier zu trinken und verbrannte den Brief. Danach erzählte er allen, dass Ritter Hans an einem schlimmen Fieber gestorben sei.

Als Hans nach langer Krankheit auf dem Weg nach Hause war, überfielen ihn an einer einsamen Wegkreuzung im Sauerland Knechte des Drosten. Im Kerker einer einsamen Burg sollte Hans für den Rest seines Lebens bleiben.

Schon bald nachdem Ulrich in Tecklenburg den Tod des jungen Ritters verkündet hatte, begann er der schönen Mathilde den Hof zu machen. Fast jeden Tag schickte er ihr Blumen oder kleine Geschenke. Die trauernde Witwe sandte sie immer wieder zurück. Auch verschiedene Heiratsanträge wurden mit Bestimmtheit abgewiesen.

Aber Mathildes Familie lebte weit entfernt in Sachsen und alle Nachbarn und Freunde sagten ihr, dass sie nicht für den Rest ihres Lebens alleine leben könnte. Die Kronenburg brauchte einen Herrn. Unter vielen heimlichen Tränen und mit großen Bedenken nahm Mathilde schließlich einen Antrag des Drosten Ulrich an.

Schon seit über einem Jahr saß Ritter Hans im tiefsten Keller der einsamen Burg. Seitdem hatte er das Tageslicht nicht mehr gesehen. Er wusste, dass es für ihn keinen Ausweg gab. Nur der Gedanke an die schöne Mathilde hielt ihn am Leben.

Dann, eines Nachts, hatte er ein furchtbares Vorgesicht: er war in der Tecklenburger Kirche und sah, wie seine Mathilde – am Arm des Drosten – in einem wunderschönen Brautkleid die Kirche betrat.

Voller Verzweiflung schrie und weinte Hans, mit den Fäusten trommelte er gegen die wuchtigen Steinwände. Immer wieder rief er: „Ich würde meine Seele dafür geben, dieses Verbrechen zu verhindern!"

Da erschien plötzlich eine riesengroße, dunkle Gestalt, die Hans anbot, ihn noch vor dem Morgengrauen nach Tecklenburg zu bringen. Als Gegenleistung verlangte er Körper und Seele des Verzweifelten.

Hans brauchte nicht lange nachzudenken. Ein kurzer Handschlag – und schon verwandelte sich die Gestalt in einen riesigen Rappen, der schneller als ein Sturm nach Tecklenburg galoppierte! Als Ross und Reiter über Wechte waren, ging die Sonne auf und der erste Hahn krähte. Das Pferd bäumte sich auf. Weil Hans laut betete und ein kleines Kruzifix aus der Tasche nahm, verwandelte es sich in Staub, der vom Winde verweht wurde...

Als Hans von der Kronenburg wieder zu sich kam, sah er, dass das Pferd ihn fast bis zu seinem Haus getragen hatte. Mit letzter Kraft rannte er zur Kronenburg, wo ein treuer Diener ihn einließ.

Nachdem Hans sein Schlafgemach betreten hatte, tröstete er die treue Mathilde, die an ihrem „Hochzeitsmorgen" weinend und zitternd auf dem Boden kniete und betete.

Wenige Tage später tötete Ritter Hans im Duell seinen Widersacher. Danach zog er mit Mathilde zu ihrer Familie nach Sachsen.

Spökenkieker und allerlei Übernatürliches

Spökenkieker

Spökenkieker sind Menschen, die das „zweite Gesicht" haben. Sie können also nicht nur die Gegenwart, sondern auch die Zukunft sehen. Es gibt Geschichten von Spökenkiekern, die für ihre vielen zutreffenden Vorhersagen bekannt – und vielleicht auch gefürchtet – waren. Aber es gibt auch Menschen, denen nur ein einziges Mal die Zukunft erscheint. Häufig geschieht dies vollkommen überraschend, beispielsweise bei der Arbeit auf dem Feld oder auf dem Weg nach Hause.

Der Sarg

Eine Frau kam auf dem Weg von Brochterbeck nach Tecklenburg in ein großes Gewitter. Sie fand keinen Unterschlupf und musste weiterlaufen, obwohl sie fürchtete, dass sie vom Blitz erschlagen würde. Doch dann kam sie an einem ihr bekannten Haus vorbei. Sie beschloss, dort Schutz vor dem Unwetter zu suchen.
Durch ein Fenster des Hauses konnte sie die hell erleuchtete Wohnstube sehen, in der ein offener Sarg stand. Darin lag der Besitzer des Hauses. Zutiefst schockiert klopfte sie an die Haustür. Schließlich hatte sie doch noch nicht gehört, dass er gestorben war. Als sich die Tür öffnete, erschrak sie fürchterlich – denn vor ihr stand der Mann, den sie im Sarg gesehen hatte!
Aber es dauerte keine Woche, da erkrankte er schwer und starb bald darauf an seiner Krankheit.

Die Eisenvögel

Eines Abends, kurz vor Sonnenuntergang, machte ein Mann einen Spaziergang über das Siekland.

Als er nur noch wenige Meter von seiner Haustür entfernt war, ertönte plötzlich ein lautes Knattern und etwas Riesengroßes, Brennendes aus Eisen schoss über ihm durch den Himmel! Es sah ein wenig aus wie ein Vogel, aber es war kein Tier. Der Mann warf sich auf den Boden und legte schützend die Hände über seinen Kopf. Unter lautem Getöse stürzte der Eisenvogel auf den Boden.

Plötzlich erklang die Stimme seines Nachbarn: „Was machst du denn da?"

„Achtung! Die Eisenvögel!", schrie der Mann ihm vom Boden aus zu.

„Was für Eisenvögel? Du spinnst doch!", rief der Nachbar lachend zurück. „Du alter Spökenkieker!"

Der Mann erhob sich äußerst vorsichtig und sah sich um. Es war tatsächlich kein Eisenvogel mehr zu sehen.

Im November 1944, etwa siebzig Jahre später, fand an dieser Stelle ein Luftkampf statt. Ein Flugzeug stürzte fast genau an der Stelle ab, wo der Mann gelegen hatte.

Weiße Häuser

In Tecklenburg lebte einmal ein Mann namens Wilhelm, der für seine Spökenkiekerei bekannt war. Wilhelm hatte eine ganz besondere Fähigkeit – er konnte Brände voraussagen. Wenn er im Dunkeln durch die Stadt ging und die Häuser betrachtete, sah er manchmal eins von ihnen weiß leuchten. Dann wusste er, dass es in nächster Zeit abbrennen würde.

Mit dieser Vorhersage hatte er immer Recht. Deshalb verdächtigten ihn die Leute irgendwann der Brandstiftung. Ihm konnte aber niemals nachgewiesen werden, einen Brand gelegt zu haben.

Mit der Zeit wurde Wilhelm vorsichtiger und klüger: Er hielt seinen Mund, wenn er ein weißes Haus sah.

Die Hexenküche

Unmittelbar neben dem Parkplatz Münsterlandblick liegt in einem Buchenwäldchen ein mächtiger Felsblock: die Hexenküche, früher auch „Teufelsklippen" genannt.

An dieser Stelle soll sich in früheren Zeiten einmal ein Hexentanzplatz befunden haben. Dort versammelten sich die Hexen aus dem gesamten Münsterland.

Der Hexentanzplatz

Auf einem kleinen Platz unterhalb des Felsens brauten sie an einem offenen Feuer ihre Hexenträke und -salben, durch

43

einen Kamin im Fels zog der Rauch ab. An den Feiern nahm natürlich auch der Teufel selbst teil. Ein schauerliches Los erwartete jeden, der es wagte, diese nächtlichen Orgien zu stören!

Wie allgemein üblich, musste der Teufel morgens bis zum dritten Hahnenschrei in die Hölle zurückkehren. Weil die Feier in Tecklenburg so fesselnd war, verpasste der Teufel eines Tages die Rückkehr. Als der erste Sonnenstrahl ihn traf, stieß er einen lauten Schrei aus, sprang mit einem gewaltigen Satz in Richtung Münsterland und ward nie mehr gesehen. Sein Faust- und Fußabdruck sind noch heute im Felsen zu besichtigen.

Die Fußabdrücke des Teufels an der Hexenküche

Vor dem Wirken des Teufels, war nach einer anderen Sage sogar ein Graf nicht sicher:

Eines Nachts ritt ein Graf von Tecklenburg noch zur Mitternachtsstunde an der Hexenküche vorbei. In dem Augenblick, als er die Hexen sah und hörte, fiel er wie tot vom

Pferd. Weil das Pferd ohne Reiter vor dem Burgtor stand, begann man sofort nach ihm zu suchen. Bei Tagesanbruch fanden die Diener ihren Herrn. Sie hielten ihn für tot und trugen ihn unter lauten Klagen auf das Schloss.

Allein die Gräfin glaubte, dass ihr Mann noch lebte. Aus der Schlosskapelle holte sie ein mit besonderen Reliquien versehenes Kruzifix. Furchtlos verließ sie um Mitternacht die sichere Burg, und schritt, laut betend und das Kruzifix fest mit beiden Händen umfassend, zur Hexenküche herab.

Als sie dort ankam, begann die Erde zu beben, es ertönte ein lauter Donnerschlag. Der Felsen explodierte. Ein bestialischer Gestank breitete sich aus und endlich wuchs riesengroß der Teufel aus dem Felsen empor! Gierig streckte er seine Krallen nach der laut betenden Frau aus und wollte sie mit sich in die Hölle ziehen.

Die mutige Gräfin aber hielt das Kreuz vor seine eklige Fratze und setzte ihre Gebete fort.

Der Teufel fuhr erschrocken zurück, seine glühenden Füße und Hände hinterließen im Stein tiefe Abdrücke. Dann sprang er mit wütendem Gejaule in die Ebene des Münsterlandes hinab und wurde in Tecklenburg nie wieder gesehen.

Die Gräfin verbrachte die Nacht in stillem Gebet auf dem Felsen. Als sie bei Tagesanbruch auf die Burg zurückkehrte, erwachte der Graf aus seinem Todesschlaf.

Natürlich lebten sie glücklich und zufrieden bis ans Ende ihrer Tage.

Diese Sage ist leider nicht älter als etwa einhundert Jahre. Damals versuchte der Verschönerungsverein, den Tecklenburger Tourismus zu beleben: am Stammtisch bastelten hoch angesehene Tecklenburger Bürger „mittelalterliche Sagen", die die Stadt als Ziel von Ausflügen interessant und beliebt machen sollten.

Übrigens: der Tecklenburger Chronist von 1840 vermutete an dieser Stelle noch ein uraltes christliches Heiligtum. Er nahm an, dass ein Kreuz, das in den Stein eingehauen war, von den ersten Missionaren stammte.

Das glühende Wagenrad

Vor langer Zeit lebte im Tecklenburger Land ein Mann namens Meyer, der seine Finger nicht von Alkohol und Glücksspielen lassen konnte. Er verlor fast immer und gab dann nur noch mehr Geld aus, um seine Wut zu ertränken. Seine Frau nahm ihm schließlich das Versprechen ab, nie wieder zu trinken oder zu spielen.

Eines Abends brach er sein Versprechen. Er hatte nur vorgehabt, ein Gläschen zu trinken. Kaum hatte er es an die Lippen gesetzt, öffnete sich die Tür des Gasthofs und ein Fremder trat ein. Dieser sagte, er sei auf der Durchreise und wolle ein paar Runden Karten spiclcn.

Schnell fanden sie sich zusammen. Als der Fremde ihm weiteren Alkohol ausgab, spielte auch Meyer mit. Allerdings nahm er sich vor, nach der ersten Runde auszusetzen. Schließlich hatte er es seiner Frau versprochen…

Zunächst gewann er etwas. Deshalb spielte Meyer weiter und gewann immer mehr. Doch mit seinem Gewinn steigerte sich auch die Alkoholmenge. Denn der Fremde verlor jedes Mal und spendierte dann seinen Mitspielern lachend Bier und Schnaps. So wurden sie alle immer ausgelassener. Meyer setzte schließlich sogar seinen Hof ein.

Darauf hatte der Fremde nur gewartet. Denn plötzlich schien er gar kein Anfänger mehr zu sein, sondern eher ein sehr geschickter Betrüger. Schlagartig war Meyers ganzes Glück dahin und er verlor all sein Geld und den Hof.

Verzweifelt machte er sich auf den Heimweg. Während er sich noch fragte, wie er seiner Frau den Verlust des Hofes erklären sollte, der sich so lange im Besitz ihrer Familie befunden hatte, hörte er weit hinter sich Schritte.

Es war der Fremde aus dem Gasthaus.

Meyer beschleunigte seine Schritte. Er wollte nicht mit diesem Mann reden. Er wollte ihn erst recht nicht direkt zu seinem Hof führen, sondern noch eine Art Gnadenfrist behalten. Schließlich rannte er, bis er keine Luft mehr bekam. Er konnte den Fremden nirgendwo erblicken. Dennoch ging er weiter, wenn auch nicht mehr so schnell wie zuvor.

Plötzlich hörte er hinter sich wieder ein Geräusch. Es klang nicht mehr wie Schritte – sondern eher so wie ein großes, eisernes Wagenrad, das einen Berg hinunter rollt.

Meyer wandte den Kopf und sah, wie der Fremde um eine Ecke gebogen kam. Er begann wieder zu rennen. Als er sich das nächste Mal umdrehte, verwandelte sich der Mann unter irrsinnigem Gelächter vor seinen Augen in ein glühendes Wagenrad!

Meyer dachte sich: „Der Teufel! Ich habe dieses Mal endgültig zu viel getrunken!" Voller Panik nahm er die Beine in die Hand.

Das Wagenrad folgte ihm.

Er machte scharfe Kurven, schlug Haken und sprang über Gräben. Er krabbelte Abhänge hinauf. Aber überallhin verfolgte ihn das Wagenrad mit hoher Geschwindigkeit. Und es kam ihm immer näher…

Mit letzter Kraft erreichte Meyer seinen Hof. Er konnte inzwischen riechen, wie das Wagenrad das Gras hinter ihm verschmorte – so nah war es.

Keuchend schleppte sich Meyer zur Dielentür, riss sie einen kleinen Spalt weit auf. Er quetschte sich hindurch, warf die Tür hinter sich wieder zu und schob den Riegel vor. Dann wich er voller Angst zurück.

Das Rad donnerte mehrmals laut gegen die Tür, doch es durchschlug sie nicht. Dann wurde es plötzlich totenstill.

Zitternd sank Meyer an einer Wand hinab. Er konnte seine Augen nicht von der Tür wenden. Es vergingen einige Stunden bevor er sich traute, einen Blick nach draußen zu werfen. Als er vorsichtig die Dielentür öffnete, sah er zwar kein Wagenrad mehr, aber verkohlte Stellen in der Tür.

Der seltsame Fremde ließ sich nie wieder in Tecklenburg blicken. Und Meyer hat in seinem Leben nie mehr Spielkarten oder ein Glas Alkohol angerührt.

Die Totenuhr

Eines Nachts weckte die Bewohner der Neuen Mühle in Lienen-Holzhausen um Mitternacht ein lautes Ticken aus dem Zimmer des Knechtes Willem. Es war ein lautes Ticken, wie von einer großen Standuhr – aber in dem Zimmer gab es gar keine Uhr.

Als der Knecht ein Licht entzündete, hörte das Ticken sofort auf, begann aber wieder, sobald das Licht gelöscht wurde. Dann, genauso plötzlich wie es gekommen war, verschwand nach einer Stunde das Ticken.

Alle schworen, dass die Uhr über dem Bett von Willem hängen musste, aber niemand konnte sie sehen. Die alten Leute flüsterten und munkelten etwas von der „Totenuhr".

Am nächsten Tag erfuhr Willem, dass in der Nacht zuvor seine Schwester gestorben war – genau um Mitternacht.

Die Totenuhr war ihm als Zeichen erschienen.

Die Heinzelmännchenhöhle

Die Heinzelmännchenhöhle, die bei Brochterbeck am Berg liegt, wird von manchen auch „Fledermaushöhle" genannt. Der Sage nach lebte dort einst ein Zwergenstamm.

Die Zwerge waren hilfreiche und tüchtige Arbeiter. Sie machten für die Brochterbecker Bauern alle schweren und anstrengenden Arbeiten im Haus, in den Ställen und auf den Feldern. Damit sorgten sie dafür, dass in dem Dorf großer Wohlstand herrschte.

Ein fauler und missgünstiger Bauer dankte ihnen nie für die getane Arbeit. Stattdessen beschimpfte er sie grob, wenn sie als Lohn kleine Mengen Milch, Eier oder Getreide mitnahmen. Danach kamen sie nie wieder auf den Hof des Bauern, mit dem es von diesem Zeitpunkt an bergab ging.

Er schwor den Heinzelmännchen blutige Rache und jagte seinen bissigsten Hofhund in die Heinzelmännchenhöhle. Die Zwerge flohen in Todesangst immer tiefer in den Berg hinein. Der Hund folgte ihnen und zwängte sich durch einen immer enger werdenden Gang.

Die Heinzelmännchen hatten sich einen Gang bis unter das Herdfeuer eines in der Nähe gelegenen Hofes gegraben, damit sie sich im Winter dort wärmen konnten. Dort hörten die Frauen am Herdfeuer ganz deutlich das angstvolle Bellen und Jaulen des Hundes, das immer leiser wurde und schließlich ganz verstummte. Er tauchte niemals mehr auf.

Seit dieser grausamen Jagd wurden die Heinzelmännchen nie wieder gesehen. Die Bauern mussten nun all ihre Arbeiten alleine verrichten.

Den missgünstigen Bauern haben seine Nachbarn verjagt. Er fand in der Fremde ein jämmerliches Ende.

Die Lektion der Großmutter

Ein junger Mann wohnte bei seiner einzigen noch lebenden Verwandten, seiner sehr reichen Großmutter.

Er nutzte sie nach Strich und Faden aus, genoss das Leben mit teurem Wein und feiner Kleidung. So oft er konnte, feierte er rauschende Feste mit seinen Freunden. Der Großmutter missfiel sein Verhalten, sie schimpfte immer mit ihm, wenn er große Ausgaben von ihrem Geld tätigte. Außerdem sagte sie ihm: „Das sind nicht deine Freunde! Sie kommen nur, weil du ihnen einen netten Abend bezahlst!"

Er aber nahm sich ihre Worte nie zu Herzen, sondern freute sich insgeheim schon auf eine umfangreiche Erbschaft. Wie viele Feste er damit feiern könnte!

Als die Großmutter auf dem Sterbebett lag, bat sie ihren treusten Diener zu sich. Sie trug ihm Folgendes auf: Er solle das liebste und feinste Taschentuch ihres Enkels nehmen und es über ihr Gesicht legen, kurz bevor der Sarg zugenagelt werde.

Die Großmutter starb noch am selben Tag. Der Diener erfüllte ihren letzten Wunsch.

Am Tag der Beerdigung seiner Großmutter feierte der junge Mann ein großes Fest mit all seinen Freunden. Als er tanzte, spürte er plötzlich einen starken, stechenden Kopfschmerz und musste sich setzen.

Er konnte kaum noch sehen und war wie gelähmt vor Schmerz und Angst.

Keiner der hinzu gerufenen Ärzte konnte ihm helfen. Mit seinen großen Schmerzen lag der Mann nun den ganzen Tag in einem abgedunkelten Zimmer.

Keiner seiner angeblichen Freunde besuchte ihn. Niemand fragte auch nur nach ihm. Nach drei Wochen fasste sich der Diener ein Herz und gestand, dass er das Taschentuch über das Gesicht der toten Großmutter gelegt hatte.

Man öffnete das Grab und den Sarg der Großmutter, entfernte das Taschentuch und wusch es mit Weihwasser rein. Da ließ der stechende Schmerz im Kopf des Mannes nach.

Er aber lernte die Lektion, die seine Großmutter ihm erteilt hatte: diejenigen, die auf seine Kosten gefeiert, ihn aber in seiner Krankheit nicht besucht hatten, zählte er nie wieder zu seinen Freunden!

Spinnverbot am Sonntag

Nach einer alten Regel fing früher der Sonntag bereits am Samstag nach Sonnenuntergang an. Am Sonntag durfte nicht gearbeitet, also auch nicht gesponnen werden.
In Leeden wurden folgende Geschichten zum Spinnverbot erzählt:

Eines Abends spannen ein paar Frauen am Samstagabend noch lange nach Sonnenuntergang. Da flog auf einmal das Fenster auf und schlug mit einem lauten Knall gegen die Wand. Ein riesiger, nackter Arm kam aus der Dunkelheit in den Raum hineingeschossen und eine laute Stimme rief: „Wer am Samstagabend spinnt, muss den nackten Arm bekleiden!"

In einer weiteren Geschichte taucht ein anderes, aber nicht weniger unheimliches Wesen auf:

An einem Samstagnachmittag saßen mehrere Leedener Frauen zum Spinnen zusammen. Als es dunkel wurde, packten die Frauen ihre Sachen zusammen, um sich auf den Heimweg zu machen.
Ihre Gastgeberin protestierte laut: „Warum wollt ihr denn aufhören mit dem Spinnen? Habt ihr etwa Angst?"
Eine Frau öffnete die Dielentür und sah sich einem großen schwarzen Hund mit rotglühenden Augen gegenüber, der sie mit gefletschten Zähnen wild anknurrte. Er versuchte, sich in das Haus hinein zu drängen, aber die Frau schlug schnell die Türe zu.
Erst als die Gastgeberin aufhörte zu spinnen, verschwand der Hund.

51

Die heilige Reinhildis

Im 13. Jahrhundert lebte auf dem Knüppenhof in Westerkappeln die junge Adlige Reinhildis.

Sie war das einzige Kind ihrer Eltern. Der Vater starb schon
kurz nach ihrer Geburt und die Mutter heiratete bald darauf
einen anderen Mann, der Reinhildis über alles hasste, weil
sie die Erbin des großen Vermögens ihres Vaters war.

Die lieblose Mutter hatte kein Interesse daran, sich mit ihrem Mann wegen Reinhildis zu streiten. So wurde sie allmählich zur größten Feindin ihrer Tochter.

Schon früh musste Reinhildis viel zu schwere Männerarbei-
ten verrichten. Sie arbeitete genau so hart wie die Knechte
ihres Stiefvaters. Aber sie beschwerte sich nie und konnte
mit der Hilfe Gottes alle ihr aufgetragenen Pflichten erledi-
gen.

Als die Eltern erfuhren, dass Reinhildis regelmäßig das Feld
verließ, wenn die Glocken zur Messe riefen, gingen sie zum
Feld. Sie sahen, dass die Pferde ganz allein den Pflug über
den Acker zogen. Voller Wut gaben sie dem Mädchen noch
mehr Arbeit und verboten ihr, zur Kirche zu gehen.

Eines Abends saß Reinhildis am Brunnen und ruhte sich von
der Arbeit aus. Die Mutter schlich sich heran und stieß sie in
die Tiefe. Sofort danach setzte sie sich in der großen Küche
ans Spinnrad, als wäre nichts geschehen. So sah sie nicht,
wie Engel Reinhildis beschützten – und sie unverletzt wieder aus dem Brunnen heraus trugen.

Am nächsten Morgen sah die Mutter voller Schrecken, dass
ihre Tochter in wunderschönen, neuen Kleidern auf dem
Brunnenrand saß. Nach kurzem Überlegen lud sie Reinhildis
zu einem schönen Frühstück ein.

Reinhildis folgte der Mutter – und wurde von ihr nur wenige
Minuten später erwürgt und danach im Kuhstall verscharrt!

Der Reinhildis-Brunnen in Riesenbeck

Genau zur gleichen Stunde wurde der Stiefvater vom Pferd abgeworfen und starb auf der Stelle.

In der folgenden Nacht war ein heller Schein über dem Knüppenhof zu sehen. Die Nachbarn dachten, es würde brennen und eilten herbei. Das helle Licht kam ihnen entge-

gen. Sie folgten ihm bis in den Kuhstall, wo sie Reinhildis'
toten Körper fanden.

Am Tag darauf wurden Reinhildis und ihr Stiefvater ge-
meinsam auf dem Westerkappelner Friedhof beigesetzt.
Schon am nächsten Morgen lag ihr Leichnam vor dem
Friedhofstor. Reinhildis wurde erneut bestattet.

Nachdem dies dreimal geschehen war, folgte man dem Rat
eines Priesters, der gesagt hatte, dass man ihren Körper auf
einen von zwei Ochsen gezogenen Karren legen müsse. Danach sollten die Tiere ohne menschliche Führung ihren Weg
suchen.

Relief am Reinhildis-Brunnen in Riesenbeck

Zunächst gingen sie in Richtung Ibbenbüren, wo – wie von
Geisterhand – bei ihrer Ankunft alle Kirchenglocken zu läu-
ten begannen! Die Menschen standen an den Straßen und
verfolgten mit ihren Augen das Ochsengespann.

Ohne Pause zogen die Ochsen weiter in eine wilde Gegend,

in der damals noch niemand wohnte. Schließlich blieben sie an einer Stelle stehen, wo sie eine heilkräftige Quelle aus dem Boden scharrten.

Direkt neben dieser Stelle wurde Reinhildis begraben. Über dem Grab wurde später die Riesenbecker Pfarrkirche errichtet. Ein Reinhildis-Brunnen erinnert noch heute an ihre Geschichte.

Die Reinhildisquelle ist um 1900 beim Bau des Dortmund-Ems-Kanals versiegt. Nach dem Ersten Weltkrieg wurde der heutige Reinhildis-Brunnen als Ersatz erbaut.

Die Wiedergänger von Westerkappeln

Es gab früher einen Hof bei Westerkappeln, auf dem eine sehr geizige und gierige Familie lebte. Die Männer hatten es sich zur Angewohnheit gemacht, regelmäßig die Grenzsteine ein kleines Stück mehr zu ihren Gunsten zu versetzen. So wurden die Felder der Nachbarn immer kleiner, ihre eigenen aber immer größer.

Die Nachbarn wollten sich diesen Diebstahl nicht gefallen lassen und klagten die Familie an. Als die Männer vor Gericht gefragt wurden, ob sie die Grenzsteine versetzt hätten, verneinten sie dies mehrfach. Weil sie aber gelogen haben, finden sie im Grab keine Ruhe. Bis zum heutigen Tag kann man sie manchmal noch sehen, wie sie die tatsächlichen Grenzen ihres Besitzes abgehen und dabei laut jammern.

Die Herkensteine

Am Nordhang des Leedener Bergs, heute in unmittelbarer Nähe zur A1, liegen die Herkensteine. Sie sind eine kleine Felsformation, die in germanischer Zeit ein Heiligtum der

*Göttermutter Herca oder Erce gewesen sein soll. Herke war
die Göttin der Fruchtbarkeit, sie fuhr auf einem Wagen, der
von 88 Hasen gezogen wurde. Der Weg zu den Herkensteinen führte an einem Bauernhof vorbei, der noch heute den
Namen Hasenpatt trägt.*

Um Herke gnädig zu stimmen, brachten die Germanen ihr
bei der Ernte immer einen Anteil von ihrem Obst, Gemüse
und den Früchten der Felder zu den Herkensteinen, die Her-
kes Heiligtum waren.

Weil sie die Menschen sehr liebte, sorgte Herke dafür, dass
alle in der Nähe des Leedener Bergs nie Not und Hunger
leiden mussten. Auch in Hungerjahren hatten sie immer eine
erfolgreiche Ernte.

Dann kam eines Tages ein fremder Soldat nach Leeden, der
als Schäfer auf einem Hof in Loose blieb. Als er sah, dass
die Bauern immer wieder kostbare Lebensmittel zu den
Herkensteinen schleppten, schüttelte er nur den Kopf.

Schon bald begann er, ein wenig von den Opfergaben weg-
zutragen, um sie selbst zu essen. Nach und nach stahl er
immer größere Mengen, die er schließlich sogar in Osnabrück auf dem Markt verkaufte!

Herke wurde wütend, weil die Opfergaben immer weniger
wurden. Der diebische Schäfer wurde plötzlich bei klarem,
sonnigem Wetter auf offenem Felde vom Blitz erschlagen.
Im nächsten Jahr zerstörten Schnee, Hagel und Dürre die
gesamte Ernte. Alle Menschen hungerten und viele mussten
das Land verlassen.

Seit damals müssen die Leedener und Ledder in jedem Jahr
erneut um ihre Ernte fürchten.

Es gibt gute und schlechte Jahre, wie überall auf der Welt.

Heidekönig Rabbke

Vor vielen hundert Jahren lebte in Westfalen der König Rabbke. Er war ein reicher Mann, aber keiner mochte ihn, weil er böse war. Seine Untertanen behandelte er schlecht, mit den Nachbarn führte er ständig Fehden.

Als Rabbke starb, beerdigte man ihn in einem goldenen Sarg an einem ganz einsamen Ort, mitten in der Heide zwischen Mettingen und Recke. Schon bald nannte man ihn nur noch den „Heidekönig".

Die Nachbarn pflegen auch heute noch die Erinnerung an den Namenspatron der König-Rabbke-Straße

Wegen seiner bösen Taten findet Rabbke keine Ruhe im Grabe und muss umgehen. Auch heute ist er noch jede Nacht unterwegs. Wenn man ihm auf einer Nachtwanderung begegnet, sollte man am Besten so tun, als ob man ihn nicht sieht – und ruhig, aber zügig, das Weite suchen.

Wehe dem, der den Heidekönig anspricht oder gar verspottet: vor lauter Wut verwandelt Rabbke sich in ein feuriges Rad, das den Wanderer verfolgt und versucht, ihn zu überrollen! Die einzige Rettung ist es, ein Haus zu erreichen und über die Schwelle zu treten. Denn dem König Rabbke ist es nicht erlaubt, das Haus eines Menschen zu betreten.

Das Rolandsgrab

Unweit der Stelle, die heute als „Rolandsgrab" bekannt ist, hat sich vor über zweihundert Jahren ein junger Mann aus Liebeskummer erhängt.

Man beerdigte ihn auf dem Tecklenburger Friedhof, doch er fand im Grabe keine Ruhe. Jede Nacht wandelte er unter lautem Wehklagen durch die Stadt bis hin zu dem Baum, an dem er sich erhängt hatte.

Deshalb ließ seine Familie im Wald am Brochterbecker Berg eine Grabkammer in den Sandstein schlagen. Man bettete die Leiche des jungen Mannes um – seitdem ruht er tief im Fels und wurde nicht wieder gesehen.

Der Name „Rolandsgrab" stammt von der Familie des Belgiers Louis Bonaventura Roelants, der um die Mitte des 19. Jahrhunderts Besitzer der Grabkammer war.

Die Tecklenburger Kirche

Im 18. Jahrhundert sollte die Tecklenburger Kirche ein neues, schöneres Inneres bekommen.

Vor allem die einfache Deckenkonstruktion mit Balken und Planken, wie man sie auf jedem Bauernhof fand, gefiel den Tecklenburgern überhaupt nicht mehr.

Also beschloss man, einen Architekten zu beauftragen, der alles neuer und schöner machen sollte. Über seinen Entwurf wunderten sich dann alle sehr: ein einziger hölzerner Pfeiler sollte die ganze Decke tragen!

Besonders die Zimmerleute und Maurer murrten, weil sie nicht glaubten, dass so etwas möglich sein könnte. Aber auch gegen ihren Willen sollte das Vorhaben durchgeführt werden.

Schließlich fand man im Wald eine wunderschöne, gerade gewachsene Eiche, die lang und stark genug war, um den Dachstuhl zu tragen. Sie wurde gefällt, geschält und dann mit großer Mühe in einem Stück in die Kirche gebracht.

Nachdem diese Arbeit erledigt war, wurde die Kirche für den Winter eingerüstet.

Es war ein langer und kalter Winter, der bis weit in das Frühjahr des nächsten Jahres hineinreichte. Als endlich der Frühling kam und die Arbeit an der Kirche wieder begann, sah man, dass der Baum wieder ausgetrieben hatte und dass an einigen kleinen Zweigen sogar zartes, grünes Laub zu sehen war.

Nach diesem Gottesurteil wussten die Tecklenburger, dass der Plan des Architekten richtig war. Der Baum wurde mit großem Einsatz aufgestellt und der Kirchenumbau war innerhalb kürzester Zeit beendet.

Noch heute, nach fast 300 Jahren, steht der Baum an seiner Stelle.

Der Hut des Zauberers

Bei einem fürchterlichen Gewitter schlug der Blitz in einen großen Baum neben Heinrichs Haus ein. Das Haus fing Feuer und brannte nieder. Wie durch ein Wunder wurde niemand verletzt, aber alles Hab und Gut war vollständig zerstört.

Die Familie kam auf dem Hof eines Verwandten unter. Doch das sollte nur eine Übergangslösung sein, bis Heinrichs Haus neu aufgebaut sein würde.

Weil Heinrich kein reicher Mann war, beschloss er, durch das Land zu ziehen, zu betteln und kleinere Arbeiten zu verrichten. Damit wollte er genug Geld für ein neues Haus sammeln.

Am ersten Tag seiner Reise besuchte er noch einmal sein altes Grundstück. Traurig blickte er auf die Aschehaufen nieder, die früher sein Leben gewesen waren. Da sah er etwas Rotes an der Stelle blitzen, wo zuvor der Baum gestanden hatte. Heinrich traute seinen Augen kaum: es war ein großer roter Hut, der ihm völlig unbekannt war. Was machte dieser Hut auf seinem Grundstück? Den musste hier jemand verloren haben.

Aber er wusste nicht, wer in dieser Gegend einen derartigen Hut besessen haben sollte. Erst überlegte er, eine Weile zu warten, bis der Reisende zurückkäme. Doch dann sagte er sich: „Ich muss losziehen und mir mein neues Haus verdienen, und der Hut ist nicht schlecht. Ich behalte ihn. Und wenn mir jemand begegnet, dem er gehört, gebe ich ihn einfach zurück!"

So ging Heinrich los, mit dem roten Hut auf dem Kopf. Wohin er auch kam, die Leute bemerkten ihn und gaben ihm Arbeit oder Geld. Es kam ihm vor, als wären sie besonders spendabel, wenn er diesen Hut trug. Denn wenn er ihn in seiner Tasche verstaut hatte, bedachten ihn die Menschen nicht mit Gaben, sondern höchstens mit Schimpfwörtern.

Bald hatte er genug Geld zusammen, um sich ein neues Haus bauen zu können. Es war mehr, als er gedacht hatte. Deshalb beschloss er, sich in einem Gasthaus ein leckeres Mahl zu gönnen, bevor er seine Heimreise antrat. Als er auf das Gasthaus zuging, spürte er plötzlich einen Luftzug über seinen Kopf fahren – und der Hut war fort!

Leise flüsterte ihm jemand ins Ohr: „Das ist ein sehr, sehr schöner Hut. Als ich ihn das letzte Mal sah, gehörte er mir. Ich danke dir, dass du so gut auf ihn aufgepasst hast!"

Es klirrte leise in Heinrichs Hosentasche, er griff hinein und ertastete einige Geldstücke.

Plötzlich wurde ihm klar, dass es der Hut eines Zauberers gewesen sein musste. Und der Zauberer hatte ihm im Tausch für den Hut fünfzig Goldtaler dagelassen.

Die verlorenen Kinder

Früher waren die Wälder im Tecklenburger Land viel dichter und dunkler, und vor allem viel größer und gefährlicher als heute.

Damals lebte auf einem Hof ein bösartiger, geiziger Mann. Weil er so unbeliebt war, hatte es nur eine einzige Frau gegeben, die bereit gewesen war, ihn zu heiraten: eine bettelarme, verkrüppelte Witwe mit drei kleinen Kindern, die keinerlei Verwandte in Tecklenburg hatte. Ihre einzige Hoffnung für die Kinder war eine erneute Ehe.

Bald nach der Hochzeit wurde die Frau bettlägerig. Es dauerte kein Vierteljahr, da starb sie – im Glauben, ihren Kindern eine bessere Zukunft ermöglicht zu haben.

Der Stiefvater ließ die Kinder hart arbeiten, gab ihnen nie genug zu Essen und verprügelte sie jeden Tag.

Zu ihren Aufgaben gehörte vor allem das Kühehüten. Dafür gingen die Kinder mit den Kühen an den Waldrand und ließen sie grasen.

An einem Tag, als die Kinder wieder einmal die Kühe hüteten, gab es plötzlich einen lauten Knall. Alle Kühe rannten verschreckt in den Wald.

Bis es dunkel wurde, suchten die Kinder nach den Tieren. Aber es war ihnen nicht möglich, sie wieder zu finden.

Mitten in der Nacht kehrten sie verzweifelt und ängstlich zu ihrem Stiefvater zurück. Dieser verprügelte sie schlimmer als je zuvor und schickte sie zurück in den Wald.

Er schrie: „Wenn ihr meine Kühe nicht wiederfindet, will ich euch nicht mehr sehen! Und wenn euch die Wölfe fressen – mir ist es gleich!"

Jammernd und weinend stolperten die Kinder in den dunklen Wald zurück.

Kein Mensch hat jemals wieder eine Spur von ihnen oder den Kühen gesehen.

Von echten und falschen Tieren

Der dicke Stein

*Direkt unterhalb von Tecklenburg an der Lengericher Stra-
ße, bevor sie steil wird, liegt der Dicke Stein. Warum er so
heißt, weiß jeder, der ihn schon einmal gesehen hat.*
*Der Dicke Stein ist ein Wunschstein. Das heißt, er kann
Wünsche erfüllen.*

In früheren Jahrhunderten, als die Kinder noch an den Klap-
perstorch glaubten, gingen sie dorthin, wenn sie sich unbe-
dingt einen Bruder oder eine Schwester wünschten.
Mit einem großen Stock mussten sie drei Mal gegen den
Fels schlagen, und rufen: „Storch, Storch, bester, bring mir
eine Schwester!" oder „Storch, Storch, guter, bring mir einen Bruder!"
Mit fünfzigprozentiger Wahrscheinlichkeit wurde diese Bitte erfüllt. Bekannt ist aber auch die Geschichte eines kleinen
Mädchens, das fünf Mal – mit steigender Wut – den Felsen
verprügelt hat, weil es sich eine Schwester wünschte. Sie
bekam… fünf Brüder!

Die Katzenplage am Habichtswald

Es ist schon lange Zeit her, da wurden die Bauern um den
Habichtswald herum immer wieder von bösartigen Katzen
überfallen, die Menschen angriffen und verletzten.
Diese Katzen lauerten des Nachts überall, sodass sich die
Anwohner nach Einbruch der Dunkelheit nicht mehr aus
ihren Häusern wagten.

Es gab aber eine kluge junge Frau, die sich der Katzenplage annehmen wollte. Zu diesem Zweck setzte sie einen riesigen Kessel Wasser auf und goss Milch in eine große Schale.

Die Schale stellte sie vor ihre Haustür, sobald es dunkel geworden war. Den Kessel stellte sie direkt hinter die Tür. Dann wartete sie auf die Katzen.

Als die Katzen herbeigelaufen kamen, um die Milch zu trinken, nahm sie ihre allergrößte Schöpfkelle zur Hand und begoss alle Katzen mit heißem Wasser!

Schreiend und heulend stoben diese in alle Himmelsrichtungen davon.

Am nächsten Morgen hatten viele alte Frauen in der Gegend schlimme Brandwunden.

Die bösen Katzen wurden nie wieder gesehen.

Die Hexe vom Habichtswald

Früher wohnte eine alte Frau mit roten Augen in einem Haus am Habichtswald. Es hieß, sie wäre eine Hexe. In ihrem Beisein konnten allerlei seltsame Sachen passieren.

Eines Tages ging der Förster am Haus dieser Frau vorbei. Auf dem Dach sah er mehrere schwarze Katzen sitzen. Die größte von ihnen hatte feurig glühende Augen und starrte ihn unentwegt an. Weil der Förster die Geschichten über dieses Haus kannte und wusste, dass man Hexenwerk nur mit Silber beikommen kann, lud er einen Silbertaler in sein Gewehr, zielte sorgfältig – und schoss die rotäugige Katze vom Dach! So schnell er konnte, setzte er dann seinen Weg in den Habichtswald fort.

Als der Förster auf dem Rückweg wieder am Haus vorbei kam, saß die alte Frau mit einem großen Verband um die Schulter vor der Tür und schimpfte fürchterlich mit ihm.

Der Tecklenburger Werwolf

Als im Siebenjährigen Krieg viele französische Soldaten in Tecklenburg waren, herrschte unter allen Einwohnern Angst und Schrecken.

Es gab einen besonders verhassten Hauptmann, der dafür bekannt war, seine Soldaten aufs Grausamste zu quälen. Außerdem hieß es, er würde sich um Mitternacht in einen furchteinflößenden Werwolf verwandeln.

Eines Nachts hielt ein junger Leutnant Wache. Er hörte Schritte auf sich zu kommen. Und obwohl er immer wieder ‚Wer ist da?' rief, bekam er keine Antwort.

Dann sah er den Umriss einer riesigen Gestalt auf zwei Beinen, hörte das laute Knurren eines Wolfes und wusste: das ist weder Mensch noch Wolf, sondern ein Werwolf!

Weil man einen Werwolf nicht mit normalen Kugeln töten kann, riss der Leutnant einen Silberknopf von seinem Ärmel, steckte ihn in sein Gewehr und schoss dem Werwolf in die Brust.

Vom Schuss aufgeschreckte Bürger und Soldaten eilten herbei. Vor ihren Augen verwandelte sich die riesige Bestie in den toten Hauptmann.

Der schwarze Hund an der Kreuzung in Wechte

Vor langer Zeit saß an der Stelle in Wechte, wo sich die Straßen von Tecklenburg nach Ladbergen und von Brochterbeck nach Lengerich kreuzen, jede Nacht ein großer schwarzer Hund mit rotglühenden Augen. Er lauerte auf alle Menschen, die nach Einbruch der Dunkelheit noch die Kreuzung passieren wollten. Wenn jemand unvorsichtig genug war und dem Hund begegnete, wurde er gejagt und aufs Schlimmste gebissen.

Um diese Bestie zu töten, schickte der Graf von Tecklenburg eines Abends zwei Jäger mit ihren Hunden zur Wechter Kreuzung. Doch sobald die Jäger ihre Hunde von den Leinen ließen, rasten diese jaulend davon.

Urplötzlich erschien der große schwarze Hund. Knurrend rannte er auf die beiden Jäger zu. Erst schossen sie auf ihn, aber die Kugeln konnten ihm nichts antun. Also versuchten sie zu fliehen.

Einer der Jäger schaffte nur wenige Schritte, bevor er vor lauter Angst an einem Herzschlag starb. Der andere wurde vom Hund angefallen, schleppte sich schwerverletzt zum Grafen und berichtete ihm. Kurz darauf verstarb auch er.

Der Graf ließ seinen klügsten Berater holen, der vorschlug, den Hund mit etwas Fleisch zu besänftigen. Der mutigste Ritter aus der Grafschaft Tecklenburg ging am nächsten Abend zur Kreuzung, trieb einen Holzpfahl in den Boden und band ein lebendes Huhn daran fest.

Dem Hund war das Opfer nicht groß genug – er kehrte schon am selben Abend wieder zurück und bewachte die Kreuzung. Daraufhin wurden erst eine Ziege und dann ein großes Schwein an den Pfahl gebunden, doch auch dies half nicht. Der Hund verschlang die Tiere und setzte seine Wache fort.

Die Bauern aus Wechte setzten sich zusammen und versuchten, eine Lösung für das Problem zu finden.

Sie beschlossen: Wenn man den Hund mit Fleisch nicht loswerden kann und ihm auch unsere Gebete nichts ausmachen, kann man es nur noch mit Geld versuchen!

Also sammelten sie in und um Tecklenburg, bis sie einen Sack voller kleiner Geldstücke hatten. Auch der Graf gab etwas dazu.

Diesen Sack vergruben sie an einem großen, alten Baum, unter dem der Hund schon oft gesehen worden war.

Und tatsächlich ließ sich der Hund nach dieser Tat nie wieder an der Kreuzung blicken. Statt die Menschen zu verjagen, muss er nun nämlich bis in alle Ewigkeit seinen Schatz bewachen.

Das glühende Fohlen

Auf einem Hof bei Ibbenbüren spukte früher der Teufel in Form eines glühenden Fohlens. Um den Teufel loszuwerden, holten die Hofbesitzer einen Priester.

Der Priester konnte das Fohlen nicht ganz vertreiben. Er konnte es aber zwingen, in eine Lieth zu gehen, die bis heute noch als „Düwels Lieth" bekannt ist.

Allerdings kommt das glühende Fohlen jedes Jahr einen Hahnenschritt näher an den Hof heran.

Und niemand weiß, was passiert, wenn es den Hof erreichen wird.

Wilm glaubt nicht an Geister

Ein Bauernhof in Lienen vor etwa 175 Jahren: es ist ein nebliger dunkler Abend im November, die ganze Bauernfamilie sitzt zusammen mit Knechten und Mägden am knisternden Herdfeuer. Die Frauen spinnen, die Männer stricken Socken. Dabei werden Grusel- und Geistergeschichten erzählt.

Alle schaudern, wenn sie Geschichten von Mord und Totschlag, Werwölfen und Wiedergängern hören – nur nicht der Hoferbe, der junge Wilm. Er ist ein großer kräftiger Mann, der nichts und niemanden fürchtet. Die Knechte und Mägde kichern und flüstern untereinander: „Dem werden wir schon noch einmal Angst machen!"

Gegen Ende des Abends erinnert sich die Mutter daran, dass morgen Schlachtfest sein soll. Für alle im Haus wird es ein arbeitsreicher Tag sein, der aber auch mit einem guten und reichlichen Essen enden wird.

Sie fragt ihren Mann, wen sie denn am nächsten Tag nach Lengerich schicken kann, um die Gewürze für die Wurst zu holen.

Der Vater blickt herum, zwinkert Wilm zu und sagt: „Wenn du nicht zu spät nach Hause kommst, darfst du gehen!"

Wilm freut sich. Seine Braut Marie, die er in einer Woche heiraten will, wohnt in Hohne und er kann sie auf dem Weg zum Kramer kurz besuchen.

Es ist schon fast Mittag, als sich Wilm endlich auf den Weg nach Lengerich machen kann. Er nimmt seine Kiepe und einen dicken Wanderstock mit.

In Hohne macht er einen kurzen Halt am Haus seiner Marie. Die will ihn gar nicht wieder gehen lassen. Schließlich verspricht Wilm, dass er auf dem Rückweg kurz wieder vorbeikommen wird.

Die Einkäufe sind schnell gemacht, schon bald ist Wilm wieder auf dem Rückweg. Er will vor Dunkelheit zu Hause sein und natürlich auch am großen Schlachteessen teilnehmen.

Zuerst muss er sich noch einmal bei Marie melden. Als er dort ankommt, steht eine große Kanne Kaffee auf dem Tisch und ein Stück frischer, duftender Butterkuchen daneben. Da darf der zukünftige Ehemann natürlich nicht nein sagen.

Es wird über dieses und jenes geredet und plötzlich bemerkt Wilm, dass es draußen stockdunkel ist. Hastig macht er sich auf den Weg. Die Sturmlaterne, die der Schwiegervater ihm anbietet, will er nicht annehmen.

Wilm kennt den Weg nach Hause wie seine Hosentasche. Er weiß ganz genau, dass es dort nichts Gefährliches gibt. Und wenn ihm doch etwas begegnen sollte: damit wird er schon fertig!

Deshalb erschrickt er auch nicht, als da, wo der Bach den tiefen Hohlweg kreuzt, eine seltsame Gestalt mit schlenkernden Klauen und zwei Hörnern im Nebel steht. Soll das etwa der Teufel sein?

Wilm will vorbeigehen, die schaurige Gestalt kommt näher und eine dunkle Stimme ruft: „Jetzt hol ich dich, jetzt hol ich dich!"

Als sie ganz nahe kommt, nimmt Wilm den Wanderstock und schlägt einmal kräftig zu. Die Gestalt fällt um wie ein Baum. Er gibt ihr einen Fußtritt und sie rollt den Abhang herunter.

Ganz spät kommt Wilm zu Hause an. Normalerweise würden alle schon längst im Bett sein. Der Vater schimpft und geht zu Bett. Die Knechte und Mägde stehen immer noch zusammen auf der Diele. Nur der Pferdeknecht Hans fehlt. Aufgeregt flüstern sie miteinander. Schließlich kommt der Altknecht zu Wilm und fragt ihn, wie denn der Heimweg gewesen sei.

Wilm zuckt die Schultern und sagt: „Genauso wie immer."

Bald darauf stehen alle bei Wilm und fragen ihn ganz genau aus: „Hast du unterwegs den Teufel oder einen Geist gesehen?"

Wilm lacht und sagt: „Ach der, dem habe ich ordentlich eins auf die Hörner gegeben und dann ist er liegen geblieben!"

Großer Schrecken bei den Dienstboten! Sie gestehen Wilm, dass sie Hans mit dem Fell des geschlachteten Rinds losgeschickt haben, um ihm einmal einen richtigen Schrecken einzujagen.

Alle zusammen rennen so schnell sie können zum Hohlweg. Sofort finden sie den armen Hans. Wilm hatte ihn mit dem Schlag auf den Kopf ohnmächtig gemacht und dann in den Bach gerollt, wo er elendig ertrunken war.

Weil Wilm weiß, dass niemand ihm diese Geschichte glauben wird, geht er noch in der gleichen Nacht über die Grenze nach Hagen. Schon eine Woche später ist er in Bremen auf einem Segelschiff, das ihn nach Amerika bringt.

Dort wird er zu einem reichen Rinderbaron, aber sein ganzes Leben lang hat er Heimweh nach Lienen.

Den Hof in Lienen erbt sein älterer Bruder, der eines Tages auch Marie heiratet.

Der Wolfsgürtel

Es gab einmal bei Ibbenbüren einen Mann, der einen ganz besonderen Gürtel besaß. Wenn er diesen Gürtel anlegte, wurde er zu einem riesengroßen, furchterregenden Werwolf.

Sobald er sich verwandelt hatte, versteckte er sich an einsamen Wegen oder Straßen und wartete auf seine Opfer. Kam ein böser Mensch vorbei gelaufen, sprang ihm der Werwolf auf den Rücken, kratzte und biss ihn und ließ sich nicht abschütteln, bevor der Böse nicht alle seine Taten aus tiefstem Herzen bereute und aufrichtig Besserung gelobte.

Um den Gürtel ablegen zu können, musste der Mann sich dreimal linksherum und fünfmal rechtsherum drehen und dabei magische Worte sprechen. Erst dann wurde er wieder zu einem normalen Menschen.

Der Mann schaffte es viele Jahre, den Gürtel zu verstecken und so sein Geheimnis zu bewahren. Als er jedoch starb, fand sein neugieriger Sohn den Gürtel und probierte ihn sogleich an. Er verwandelte sich auf der Stelle in einen furchtbaren Werwolf.

Aber weil er nicht wusste, wie er den Gürtel ablegen konnte, musste er bis zu seinem Tode ein Werwolf bleiben.

Die Wolfsjagd

Bis etwa zur Mitte des 17. Jahrhunderts gab es in den Wäldern um Tecklenburg Wölfe. Die Menschen bekämpften die Wölfe, weil sie häufig ihr Vieh töteten und auch für Menschen gefährlich sein konnten.

Die Jagd auf Wölfe war Vorrecht der Grafenfamilie. Alle Untertanen waren verpflichtet, bei der Wolfsjagd mitzuwirken. Der tote Wolf stand dem Grafen zu.

Aus der Zeit des 30jährigen Krieges ist noch eine Rechnung über das Gerben eines Wolfspelzes für den jungen Grafen Mauritz erhalten.

Die Wolfsfalle von Hörstel

Die Einwohner der Bauerschaft Hörstel hatten vor langer Zeit sehr unter einem bösartigen Wolfsrudel zu leiden, das viele Schafe, Schweine und sogar Rinder tötete.

Schließlich baute man mitten im Wald eine tiefe und steile Grube, in der man die Wölfe fangen wollte. Eine lebendige Gans wurde in die Grube gesetzt, um durch ihr lautes Geschrei und Schnattern die Wölfe anzulocken.

Schon am Nachmittag des ersten Tag lockte die Gans durch ihr Geschnatter andere Gänse aus der Nachbarschaft an. Die junge Gänsehirtin Enneke lief ihren Tieren nach, um sie vor den Wölfen zu retten. Aber weil es im Wald schon dunkel wurde, fiel sie in das tiefe Loch und die Gänse verliefen sich im Wald.

Das Mädchen versuchte immer wieder, die steilen Wände heraufzuklettern. Aber das Loch war viel zu tief und die Wände gaben immer wieder nach, wenn sie versuchte, sich zu retten.

Inzwischen war es im Wald ganz dunkel geworden und die Hirtin und die Gans saßen zusammen in der Grube. Beide hatten große Angst, Enneke betete um Hilfe und hoffte, dass bald Leute kommen würden, um sie zu retten.

Die Gans zeterte immer lauter und schließlich kam tatsächlich ein Wolf an die Falle heran, um sich sein Abendessen zu suchen. Er sah die Grube nicht und fiel auch in die Tiefe. Nun saßen drei im Loch, die Angst hatten: die Gans schrie aus vollem Halse, Enneke versteckte sich zitternd in einer Ecke der Grube und der Wolf verkroch sich in einer anderen Ecke. Er fürchtete sich so sehr, dass er überhaupt nicht wagte, jemanden zu beißen.

Wenn sich der Wolf bewegte, rief Enneke ängstlich: „Hündchen, tu mir nichts!" Dann wurde der Wolf wieder ruhig.

So saßen sie alle bis zum Morgengrauen in der Falle. Dann endlich kamen die Hörsteler Bauern und retteten Enneke und die Gans. Der Wolf aber wurde getötet.

Der letzte Wolf von Laggenbeck

Auf einem Hof bei Laggenbeck hatte man bis in die frühen Morgenstunden mit reichlich Alkohol Hochzeit gefeiert. Als die letzten Gäste gegangen waren, machte sich auch der Musiker Bernd auf den Heimweg.

Weil ein Teil seines Lohnes für das Geigenspiel in Schnaps ausgezahlt worden war, wankte er müde durch den Wald in Richtung seines Hauses. Dabei stolperte er oft, drehte sich einige Male im Kreis und hatte sich bald im dunklen Wald verlaufen.

Plötzlich ging einer seiner Schritte ins Leere. Vom Alkohol berauscht, war es ihm nicht mehr möglich, das Gleichgewicht zu halten. So stürzte Bernd in ein mehr als zwei Meter tiefes Loch hinab.

Als er sich an der Wand entlang tastete um herauszufinden, wie er wohl am einfachsten wieder hinaus kommen könnte, hörte er hinter sich ein lautes Knurren.

Kein Zweifel, Bernd war in einer Wolfsgrube gelandet – und er war nicht allein!

Im schwachen Mondlicht konnte er einen ausgehungerten Wolf sehen, der die Zähne bleckte und ihn anknurrte.

In seiner Angst wusste der Musiker nicht, was er tun sollte. Um auf sich aufmerksam zu machen und vielleicht das Tier zu beruhigen, begann er, auf seiner Geige zu spielen.

Der Wolf beäugte ihn immer noch, hatte aber aufgehört, zu knurren. Jedes Mal, wenn der Geiger für einen Moment inne hielt, bereitete sich der Wolf erneut auf einen Angriff vor.

So spielte der Geiger bis zum Nachmittag, als man ihn endlich fand. Der Mann wurde aus der Grube gezogen und der Wolf wurde getötet.

Wann immer jemand versuchte, dem Geiger sein Instrument wegzunehmen, begann er zu schreien: „Nicht die Geige! Ich muss geigen, sonst tötet mich der Wolf!"

„Nein", sagte jemand, „dich tötet kein Wolf mehr – das war der letzte Wolf von Laggenbeck!"

Danach legte man Bernd auf sein Bett und löste mit Gewalt die Geige aus seinen Fingern. Am nächsten Tag verfiel er in ein starkes Fieber, an dem er innerhalb weniger Tage verstarb.

Der Rappe mit den glühenden Augen

Vor langer, langer Zeit lebten alle Menschen in Lengerich in großer Furcht vor einem mächtigen schwarzen Hengst mit rotglühenden Augen, der nachts durch die Bauerschaften galoppierte.

Wer sein Wiehern hörte, musste sich ganz schnell in Sicherheit bringen, denn der Hengst schlug aus, trampelte selbst große Männer nieder und biss den Leuten sogar das Fleisch von den Knochen. Man hatte schon manch einen Unvorsichtigen schwer verletzt oder tot auf der Straße gefunden.

Reiter hatten ganz besonders unter ihm zu leiden, denn er brachte jedes Pferd – auch den frommsten Ackergaul – zum Durchgehen. Die Pferde folgten ihm dann in die Dunkelheit und wurden nie wieder gesehen.

Die wenigen Leute, die überlebt hatten, gingen in Zukunft Pferden aus dem Weg und verließen nach Einbruch der Dunkelheit nicht mehr ihr Haus. Viele von ihnen wurden sehr seltsam, sodass die Mitmenschen ihnen aus dem Weg gingen.

Eines Tages war ein frommer Mönch vom Osterberg auf seinem Maultier unterwegs zu einem Kranken, als der Rapphengst auf ihn zu galoppierte.

Schnell holte der mutige Mönch sein Kruzifix hervor, stieg vom Maultier und ging unaufhörlich betend auf den Hengst zu. Dessen rote Augen glühten wie brennende Kohlen, wurden immer größer und feuriger.

Schließlich verwandelte sich das ganze Tier in einen riesigen Feuerball, der mit großem Getöse in der Erde verschwand. Zurück blieb nur ein stechender Schwefelgeruch.

Danach hat man den Hengst mit den glühenden Augen nie wieder gesehen.

Hinrichtung, Mord und Totschlag

Die letzte Hinrichtung in der Grafschaft Tecklenburg[1]

1784. Aus den Acten des Gerichtsarchivs ist folgende Mordgeschichte und schauderhafte Hinrichtung des Mörders entnommen.

Der Hegeläufer Johann Heinrich Dolle Sohn des aus dem Lingenschen hierher versetzten Försters Dolle, 20 Jahre alt, katholischer Religion. Dieser junge Mann hatte von einem Juden aus Fechte namens Marcus Moses zur Abfindung einer von ihm geschwängerten Person Geld geliehen. Der Jude kommt hierher und mahnt ihn. Er geht mit ihm unter dem Vorgeben, daß er - der g. Dolle - Geld in Leeden zu fordern habe, und ihn befriedigen wolle, nach dem Habichtswald, und lockt ihn in den sogenannten Schonhorst. Er läßt den Juden vor sich gehen, bleibt etwas zurück und erschießt ihn am hellen Tage auf der Landstraße nimmt ihm die Uhr und Geld ab und verscharrt ihn ganz oberflächlich im Holze. Ein Hirte findet gleich darauf den Leichnam. Der Verdacht fällt auf den g. Dolle, er wird eingezogen und gesteht gleich die That.

Am 21. October 1785 des Morgens ½ 9 Uhr wird er auf dem Lengericher Berge in Folge rechtskräftigen Urtheils von oben herunter gerädert und auf das Rad geflochten.

Die Execution wird durch den Scharfrichter Esmeyer und dessen Sohn wohnhaft zu Wechte (ersterer zu Mettingen) so

---

[1] Dies ist der Originaltext aus der Bürgermeisterchronik der Stadt Tecklenburg (verfasst ab 1802 durch den Bürgermeister Storch). Stadtarchiv Tecklenburg, Bestand C Nr. 21. Die Rechtschreibung und die Zeichensetzung stammen auch aus der Zeit um 1800!

schlecht verrichtet, daß der Delinquent auf dem Rade noch Lebenszeichen von sich giebt, welches erst von den Zuschauern bemerkt, nachdem das Gerichtspersonal und der Scharfrichter sich vom Richtplatz wegbegeben haben. Hunderte von Menschen sehen es, daß der arme Sünder sich auf dem Rade noch bewegte.

Es entsteht ein allgemeiner Aufruhr. Gleich wird ein reitender Bote an das Gericht zu Tecklenburg geschickt. Der Prediger Kriege aus Lengerich steigt mittelst einer herbei geholten Leiter auf das Rad, ruft dem Delinquenten zu, worauf er Lebenszeichen von sich giebt. Die Brust röchelt noch, er zuckt mit den Gliedern und blinzelt mit den Augen.

Der herbeigeholte Kreis-Physicus Kemerich hat sich von der Richtigkeit des(sen, was der) g(enannte) Kriege (gesagt hat) überzeugt, und ist auf dem Richt-platze solange geblieben bis der g. Dolle verschieden, welches erst des Abends nach 6 Uhr geschehen.

Der Delinquent hat noch 6 Stunden auf dem Rade gelebt. - Bei der Untersuchung hat sich heraus gestellt, daß der Scharfrichter den Nagel nicht in der Mitte des Kopfes des Delinquenten, sondern seitwärts durch getrieben; daß ein Arm und ein Bein gar nicht zerschmettert; der Radstoß auf der Brust nicht tödlich gewesen und der Scharfrichter nicht die ihm ertheilte besondere Ordre den Delinquenten gleich wenn er auf dem am Boden gemachten Gerüste bei den Händen und Füßen festgebunden und der Strick um den Hals gelegt ihn zu erdrosseln befolgt hat.

Der Strick war über die Halstücher, die der Delinquent um hatte gelegt, obgleich derselbe, wie er auf dem Gerüste gelegen, gebeten, man möchte ihm die Halstücher abbinden, hat der g. Esmeyer solches dennoch nicht gethan.

Der Scharfrichter Zippel aus Osnabrück, der als Zuschauer zugegen gewesen und den alten Esmeyer besonders darauf aufmerksam gemacht, daß die Erdrosselung ohne Wegnahme der beiden Halstücher nicht geschehen könnte, ist von dem g. Esmeyer schnöde mit den Worten abgewiesen worden, er habe bei der Execution nichts zu sagen und solle sich wegscheren.

Diese auf die schauderhafteste Weise verrichtete Execution gab Veranlassung zu dem Verdacht, daß der Scharfrichter Esmeyer von den Juden sei bestochen worden, den Delinquenten auf das äußerste zu märtern, auch verbreitete sich das Gerücht, der g. Esmeyer welcher der katholischen Religion zugethan, habe aus Rache, weil der Delinquent während der langen Haft von der katholischen zur reformirten Religion übergetreten, diese Marter an demselben ausgeübt.

In Betreff der Bestechung wollten einige Leute gesehen haben, daß der g. Esmeyer eine Unterredung mit einigen fremden Juden im Amberg'schen Gasthofe dahier gehabt haben sollte.

Das Gericht hat hierüber eine Untersuchung angestellt, wobei sich ergeben, daß nichts davon wahr sei.

Zu seiner Entschuldigung hat g. Esmeyer weiter nichts angeben können, als, es müsse ein Wunder Gottes geschehen sein, daß der Delinquent noch zum Theil lebend auf das Rad geflochten, er habe bei der Execution nach bestem Wissen vervahren.

Aus allem geht hervor, daß der 67jährige Esmeyer ein höchst unwissender roher Mensch gewesen, welches sich vorzüglich aus seiner grundgemeinen Aeußerung auf dem ihm gemachten Vorwurf, er habe den Delinquenten schon auf dem Gerüste erdrosseln müssen, erwidert „er habe dem g. Dolle nicht die Seele aus dem Hintern treiben können." Bewiesen ist es, daß dem Esmeyer das Privilegium als Scharfrichter ohne daß er examinirt und vereidet gegen eine bedeutende Summe ertheilt worden.

Das Gericht hat ihn zu 2jähriger Festungsarbeit und Verlust der Scharfrichterei verurtheilt. Die Schinderei ist ihm erlassen worden. Sein Sohn ist freigesprochen worden.

Bei der Bekanntmachung des Urtheils hat der g. Dolle geäußert, daß er die Todesstrafe verdient und in dem Glauben, den er angenommen, sterben wolle auch gebeten, daß die Todesstrafe recht bald an ihm vollzogen werden möchte.

Der Justiz-Kommissar Krummacher ist sein Defensor gewesen und bei der ersten Appellation ist das erste Urtheil bestätigt worden.

Diese sehr verschieden noch im Munde des Volkes vorhandene Mord- und Hinrichtungsgeschichte ist dieserhalb den Acten gemäß hier niedergeschrieben und verdient einen Platz in dieser Chronik.

Der Eselspatt

Der Eselspatt ist heute ein Wanderweg (gekennzeichnet mit dem Zeichen =), der von der Stadt Tecklenburg bis nach Osnabrück führt.

In früheren Jahrhunderten war er der Fuß- und Reitweg, der die beiden Städte verband. Am Brandenberg entlang, durch den Habichtswald und vorbei am Kloster Osterberg kam man über den „Eselspatt" nach Gaste, durch das Dütetal nach Hellern und schließlich am Heger Tor in die Stadt Osnabrück hinein.

Der Name des Weges wird durch eine alte Sage erklärt:

Der Fleischbote von Tecklenburg

Zu der Zeit, als die Grafen von Tecklenburg noch die mächtigsten Herren in weitem Umkreis waren, hatten sie als Vögte viele Rechte in den Bistümern Osnabrück und Münster inne. Dazu gehörte auch die Berechtigung, an Markttagen in der Stadt Osnabrück den Fleischpreis festzusetzen.

So erschien ein Beauftragter des Grafen auf dem Markt, setzte die Preise fest und erhielt als Lohn für seinen Herrn einen Teil des angebotenen Fleisches. Bevor der Fleischpreis festgesetzt war, konnte der Markt selbstverständlich nicht beginnen.

Nun war der Beauftragte des Grafen ein kleiner verwachsener Mann, der sich jede Woche mehrmals mit seinem Esel auf den beschwerlichen Weg von Tecklenburg nach Osnabrück machen musste.

Weil der Mann und auch sein Esel immer älter und langsamer wurden, war es schließlich fast immer Mittag, wenn die beiden das Heger Tor erreichten. Darüber waren die Fleischer sehr aufgebracht. Auch die Osnabrücker Bürger, die auf ihr Mittagessen warten mussten, zeigten wenig Verständnis.

Als der Fleischbote eines Tages besonders spät kam, entlud sich der Zorn der Metzger: Sie erschlugen den Boten, zerteilten seinen Körper und legten die Überreste des Mannes in die beiden Fleischkörbe, die an den Seiten des Esels hingen.

Der alte Esel kannte den Heimweg und trug seinen toten Herrn auf die Tecklenburg zurück. Als der Graf von dem Mord erfuhr, schwor er den Fleischern Rache und entzog ihrer Zunft alle Rechte.

Schließlich kam es zu Sühneverhandlungen, bei denen den Fleischern folgende Strafen auferlegt wurden: Sie sollten dem Grafen einen Scheffel voll seltener Geldstücke, zwei Rosenstöcke ohne Dornen und drei blaue Windhunde liefern.

Die seltenen Münzen konnten die Metzger unter großen Entbehrungen noch relativ einfach aufbringen. Auch die

Rosen ohne Dornen konnte man beschaffen, indem man die Triebe der Blumen durch enge Glasröhren wachsen ließ. Die blauen Windhunde stellten die Osnabrücker vor ein fast unlösbares Problem.

Zu guter Letzt war man mit folgendem Rezept erfolgreich: in einem blauen Zimmer fütterten blaugekleidete Wärter drei graue Windhunde mit blauem Futter. Nach mehreren Generationen wurde schließlich ein Wurf blauer Windhunde geboren.

Nachdem alle seine Forderungen erfüllt waren, versöhnte sich der Graf mit der Fleischerzunft. Für die Zukunft bestimmte er einen Vertrauensmann, der den Fleischpreis festsetzen sollte.

Egger in de Pann

Es war zur Zeit des Dreißigjährigen Krieges. Zum wiederholten Mal raubte und mordete ein rücksichtsloser Trupp Marodeure in der Gegend um Tecklenburg herum. Also schlossen sich einige Bauern zusammen, um erbitterten Widerstand zu leisten.

Sie nahmen gut zwei Dutzend der Plünderer gefangen, unter denen auch ein Vierzehnjähriger war. Alle außer ihm erschlugen sie sofort. Die Bauern hatten nämlich Skrupel, den Jungen zu töten.

Darum baten sie ihre Anführer, zu entscheiden, was mit ihm geschehen sollte. Alle hofften insgeheim, der Junge würde verschont.

Doch die Anführer sagten „Egger in de Pann, dann weret da kiene Küken van!" und schossen den Jungen nieder.

Oberst Washingging

Diese „sonderbare, merckwürdige und sehr boshafte Bege-
benheit" ist den schriftlichen Aufzeichnungen des Leedener
Stiftsamtmanns Greiff nacherzählt. Sie entspricht also seiner
Sicht der Ereignisse.

Es war ein grauer Tag im November 1770. Vor der Haustür
der Leedener Äbtissin lag ein Brief, geschrieben von einem
Oberst Washingging, der von den Stiftsdamen 30 Taler
Schutzgeld erpressen wollte. Das Geld sollte an einem bestimmten Platz an einem Pfad in der Nähe des Äbtissinnen-
hauses niedergelegt werden. Der Obrist drohte, das Stift mit
seiner Bande von 30 Räubern zu überfallen, wenn das Geld
nicht bezahlt werde.
Die Stiftsdamen waren sehr beunruhigt, doch sie zahlten
nicht. Aber sie ließen den geplanten Übergabeort bewachen.
Es kam niemand. Trotzdem wurde der Colon Buller als
zweiter Nachtwächter angestellt, eine teure Angelegenheit
für das Stift.
Zunächst geschah nichts, dann – eines Morgens in der Ad-
ventszeit – lag ein zweiter Brief des Obristen Washingging
vor dem Äbtissinnenhaus. Nichts als entsetzliche Beschimpfungen und Bedrohungen gegen das Stift! Dazu die Forde-
rung, nun 50 Taler an einem anderen Ort als Schutzgeld zu
hinterlegen. Den Stiftsdamen wurde gedroht, dass sie vor
den Kugeln der Räuber selbst in ihren Betten nicht sicher
sein würden.
Bald nach Weihnachten fand sich ein dritter Brief: wieder
wüste Beschimpfungen und die Aufforderung, in der Nacht
des 3. Januar die 50 Taler an einen bestimmten Ort zu legen.
Wenn dies nicht geschähe, würden die Räuber alle Fenster
im Stift zerschießen, sodass ein viel höherer Schaden ent-
stehen wird!

Eine seltsame Drohung für einen großen Räuberhauptmann, aber die Stiftsdamen waren trotzdem sehr verängstigt.

Jede Nacht mussten zwei Schützen aus dem Kirchspiel patrouillieren und die Damen stellten einen dritten Nachtwächter ein – weitere hohe Unkosten. Der neue Nachtwächter hieß Berkemeyer, seine Aufgabe war es, die Stiftsgebäude nachts ganz genau zu beobachten.

Das ehemalige Äbtissinnenhaus und die Stiftskirche in Leeden

Eines Nachts, so gegen elf, bemerkte Berkemeyer einige seltsame Geräusche hinter dem Kohlgarten. Er begab sich in Beobachtungsposition. Gegen Mitternacht sah er einen „etwas kleinen Kerl", der sich in den Sträuchern versteckt hatte und dort einige Zeit ganz still stand. Als er wieder weggehen wollte, rief ihn der Wächter an: „Kerl, stehe oder ich schieße!"

Tatsächlich konnte er nach einem Warnschuss den bösen Räuber gefangennehmen. Aber kurz darauf sprang ein zweiter Bösewicht aus den Büschen. Er schlug Berkemeyer über den Arm und auf die Brust, um den Gefangenen zu befreien.

Die beiden wurden von einem dritten Räuber gedeckt, aus dessen Waffe sich sogar ein Schuss löste, gerade über die Mauer hinweg.

Als die anderen Wächter herbei geeilt kamen, war der Spuk bereits vorüber.

Die Obrigkeit wurde informiert und alle Schützen in den umliegenden Orten mussten Extradienste leisten. Doch die Räuber waren wie vom Erdboden verschluckt.

Im Februar lag dann der vierte Erpresserbrief vor der Haustür des Stiftsamtmanns, in dem die Stiftsdamen und auch die Wächter ganz entsetzlich bedroht wurden.

Voller Angst beschlossen die Frauen, noch einen vierten Wächter einzustellen. Noch mehr Unkosten, denn der Heuermann Hukriede bekam den gleichen Lohn wie seine Kollegen.

Alle freuten sich, weil nun wieder Ruhe und Friede herrschten. Man glaubte, dass die Bösewichte aufgegeben hatten.

Wegen der hohen Kosten wurden Berkemeyer und Hukriede schon bald entlassen.

Aber am Abend des 20. März 1771 machten die Bösewichte ihre Drohung wahr und schossen zwei Mal durch die Fenster in das Wohnzimmer der Äbtissin. Die Kugeln blieben tief in der Wand stecken. Und die Gesellschafterin der Äbtissin wurde nur knapp von einer Kugel verfehlt. Der Schrecken der Damen war unbeschreiblich!

Es wurde Sturm geläutet und schon bald war eine große Menschenmenge im Stift versammelt. Alle zusammen durchsuchten die gesamte Umgebung, aber die Übeltäter fanden sie nicht.

Daraufhin wurden die Schützen aus den Nachbarorten abwechselnd nach Leeden geschickt, um Wache zu halten. Auf Washingging wurde ein Kopfgeld von 1000 Talern ausgesetzt. Allen Informanten wurde Anonymität zugesichert.

Nach intensiven Ermittlungen wurde schließlich der ehemalige Wächter Berkemeyer festgenommen.

Mitten in der Nacht kam der Regierungspedell aus Tecklenburg mit etlichen Leedener Schützen. Berkemeyer wurde aus dem Bett geholt und ins Gefängnis auf der Tecklenburg gebracht. Nach einigen Tagen im Schlosskeller gestand er, alle Untaten selbst ausgeführt zu haben. Außerdem verriet er, dass ihm der vierte Wächter Hukriede mit Rat und Tat zur Seite gestanden hatte. Danach wurde auch Hukriede eingekerkert. Beide saßen ein Jahr lang im Gefängnis, bis aus Berlin das Urteil kam.

Berkemeyer wurde zu lebenslänglicher Zwangsarbeit auf der Festung Wesel verurteilt.

Das Urteil für Hukriede wurde nicht bekannt gegeben – weil er es geschafft hatte, aus dem Tecklenburger Gefängnis zu entkommen. Er floh nach Rotterdam, wo er schon nach kurzer Zeit in das Siechenhaus eingeliefert wurde und jämmerlich an einer schweren Krankheit zu Grunde ging.

Eine Nacht im Mausoleum

Nachdem Menschen nicht mehr in den Pfarrkirchen beerdigt werden durfte, bauten viele adlige Familien Begräbnisplätze auf dem eigenen Besitz. Auch die Eigentümer von Haus Marck errichteten an einer einsamen Stelle mitten im Wald ein kleines Mausoleum, in dem nur Familienangehörige beigesetzt wurden.

Vor etwa hundert Jahren erhielt ein Malermeister den Auftrag, die Wände des Gebäudes und auch die Metallsärge neu zu streichen.

Zusammen mit seinem Lehrling machte sich der Meister an die Arbeit. Am letzten Arbeitstag mussten nur noch die Särge gestrichen werden. Weil der Meister zum Stammtisch gehen wollte, blieb der Lehrling alleine zurück, um den letzten Sarg zu streichen.

Voller Vorfreude auf den Stammtisch verließ der Meister das Mausoleum. Er bemerkte gar nicht, dass die schwere Eichentür zuschlug, die nur mit dem Schlüssel wieder zu öffnen war, den der Meister in seiner Tasche zum Stammtisch trug.

Der Eingang in die Kapelle des Mausoleums von Haus Marck

Es dämmerte schon, als der Junge nach Hause gehen wollte. Durch die vergitterten Fenster drang das letzte Tageslicht. Das Spiel der Schatten auf der weißen Wand machte ihm Angst. Möglichst schnell wollte er den Raum verlassen.

Nur: die Tür bewegte sich keinen Millimeter! Sie war überhaupt nicht zu öffnen. Er schrie und rief, aber natürlich hörte ihn niemand – so allein, mitten im Wald. Schließlich kauerte er sich zitternd und weinend auf den Boden.

Die Eltern sorgten sich sehr, weil ihr Sohn nicht zur gewohnten Zeit nach Hause kam. Sie fragten Freunde und Bekannte, aber niemand hatte ihn gesehen. Dann – mitten in der Nacht – fiel den Eltern ein, dass der Junge noch im Mausoleum sein könnte.

Sie nahmen ihre Sturmlaterne und klopften den Meister aus dem Bett. Zusammen gingen die drei zum Mausoleum und fanden den Jungen am Boden liegend vor.

Die Angst vor der Nacht in dem schaurigen Raum hatte ihn stumm gemacht. Nach diesem Tag sprach er nie wieder ein Wort. Und seine roten Haare waren in wenigen Stunden so weiß geworden wie die Haare eines alten Mannes.

Die Steinkreuze von Dörenthe

Seit vielen hundert Jahren stehen an der Straße von Ibben-büren nach Münster zwei Steinkreuze.

Es wird erzählt, dass diese Kreuze uns an eine furchtbare Tat erinnern sollen:

Zwei Brüder aus der Adelsfamilie Stricket – Johann und Heinrich – teilten den Besitz ihres Vaters unter sich auf. Die Aufteilung des Vermögens war kein Problem. Einige Jahre lebten alle zufrieden zusammen.

Aber bei der Teilung hatte man eine kleine Wiese vergessen. Sobald dies bekannt wurde, begannen Johann und Heinrich zu streiten. Jeder erhob lautstark Anspruch auf die Wiese und es herrschte großer Unfriede und Zank in der gesamten Familie. Diese schlimme Geschichte kam dem Grafen von Tecklenburg zu Ohren, der die ganze Angelegenheit dem Gericht vorlegen ließ.

Beide Brüder sprachen schon lange kein Wort mehr miteinander, als sie sich eines Tages an der Stelle trafen, wo heute die Steinkreuze stehen. Johann war auf dem Weg zum Gericht in Tecklenburg und Heinrich kam gerade von dort zurück. Hämisch grinsend zeigte er seinem Bruder eine Urkunde des Gerichts, in der die kleine Wiese ihm überschrieben wurde.

Voller Hass zog Johann sein Schwert. Die Brüder kämpften mit großer Wut gegeneinander, verletzten sich gegenseitig schwer und starben noch an Ort und Stelle.

Ihre verzweifelten Angehörigen ließen an der Stelle dieser Gewalttat die heute noch erhaltenen Steinkreuze als Mahnung an spätere Generationen errichten.

Die Steinkreuze in Dörenthe wurden versetzt, stehen aber immer noch an der selben Straße

Das Gottesurteil

Vor vielen Jahrhunderten standen zwischen Lengerich und Lienen zwei Nachbarsfrauen gemeinsam an der Straße und unterhielten sich über Gott und die Welt.

Da kam plötzlich ein gackerndes Huhn aus dem Gebüsch, das ein Ei gelegt hatte. Das Ei war schnell gefunden, aber nun begannen die beiden Frauen zu streiten: jede wollte das Ei für sich.

Die eine sagte: „Mein Huhn hat das Ei gelegt, also gehört es mir!"

Die andere antwortete: „Das kann gar nicht sein, das Ei lag

auf unserem Land!"

Der Streit wurde immer schlimmer. Als die Männer Claus und Johann von der Arbeit auf dem Feld zurückkamen, machten sie fleißig mit.

Schließlich rief Claus dem Johann zu: „Ich wünsche dir, dass der rote Hahn auf deinem Dach kräht!"

Nur wenige Tage später brannte das Haus des Johann bis zum Erdboden nieder. Alle erinnerten sich an die Worte des Nachbarn Claus. Er wurde zum Gericht nach Tecklenburg gebracht und wegen Brandstiftung zum Tode verurteilt, obwohl er immer wieder seine Unschuld beteuert hatte.

Claus wurde auf dem Galgenberg bei Lengerich hingerichtet und dann auf der Grenze zwischen Lengerich und Lienen begraben. Als das Grab aufgefüllt wurde, brach der Richter einen Zweig von einer nahestehenden Linde ab und steckte ihn kopfüber in die Erde. Er sprach: „So sicher wie dieser Ast vertrocknen wird, so sicher ist deine Schuld!"

Aber im nächsten Frühjahr bemerkte man, dass der Ast wieder ausschlug. Die Leute sahen nun, dass Claus nur wegen ein paar dummer Gerüchte verurteilt worden war.

Der Richter befahl, dass zum Gedenken an den unschuldig Hingerichteten an diesem Ort immer ein Baum stehen sollte. Die Linde wurde ein mächtiger Baum, der noch jahrhundertelang an diese Begebenheit erinnerte.

Der Schmuggler

Es geschieht im Herbst 1772, zu einer Zeit, als die Nächte allmählich länger werden und der Nebel alle Konturen verwischt:

Herm Schulte aus Schollbruch macht sich wieder einmal auf den Weg ins Ausland. Sein Lohn als Tagelöhner ist so gering, dass er seine Hochzeit nicht bezahlen kann. Also geht er Salz schmuggeln. Das lohnt sich, denn der Weg ist kurz und der Verdienst groß: im preußischen Lengerich ist das Salz fünfmal so teuer wie im hannoverschen Hagen.

Natürlich steht auf Schmuggeln eine hohe Strafe und die Grenzaufseher scheuen nicht davor zurück, auf flüchtige Schmuggler zu schießen. Aber Herm kennt sich gut aus und er hat vorgesorgt.

Bald nach Herms Aufbruch am späten Nachmittag hat sein alter Vater erfahren, dass die Preußen heute wieder einmal eine Patrouille schicken wollen.

Also macht sich der alte Mann auf den Weg. So schnell er kann, folgt er seinem Sohn, um ihn zu warnen.

Herm erkennt schon bald, dass er verfolgt wird. Im Nebel hält er den Vater für einen Zollbeamten, greift nach seiner alten Pistole – und schießt so, wie er es beim Militär gelernt hat. Der Verfolger fällt um wie ein Baum und rührt sich nicht mehr.

Sofort bricht Herm seine Tour ab und kehrt nach Hause zurück, damit niemand ihn verdächtigen kann.

Als die aufgeregte Mutter fragt: „Hat Vater dich noch warnen können? Wo ist er überhaupt?", stürmt Herm wortlos davon. Niemand hat ihn je wiedergesehen.

Am nächsten Morgen bringen Nachbarn den erschossenen Vater nach Hause.

Eine unglückliche Liebe

Wir sind in der Biedermeierzeit auf Haus Marck, das damals noch zu Lengerich gehörte. Durch die Belastungen in der Napoleonischen Zeit und die Bauernbefreiung ist die Besitzerfamilie in finanzielle Not geraten.

Ein guter Freund des Hausherrn, der reiche Kaufmann Carl Kabrun aus Danzig, erwirbt 1834 den gesamten Besitz, um seinem Freund zu helfen.

Und da ist auch noch seine unerwiderte romantische Liebe zu Georgine von Diepenbroick-Grüter, der Frau seines Freundes. Dieser Konflikt beherrscht sein ganzes Leben, das für ihn wegen der Aussichtslosigkeit seiner Liebe keinen Wert mehr hat.

Nachdem Kabrun der Familie seiner unerreichbaren Liebe testamentarisch sein gesamtes Vermögen vermacht hat, versucht Kabrun, Selbstmord zu begehen.

Mit seinem Gespann fährt er in rasendem Galopp den steilsten Berg in weitem Umkreis herab. Das Gefährt überschlägt sich und wird zertrümmert. Die Pferde werden tödlich verletzt, doch Carl Kabrun überlebt ohne größere Verletzungen.

Der Liebeskummer ist weiterhin so groß, dass er sich schließlich im Rittersaal von Haus Marck erschießt.

Die Familie von Diepenbroick-Grüter errichtete ihm ein Mausoleum, ganz in der Nähe ihres Erbbegräbnisses auf dem Kleeberg.

Die Begräbnisstätte von Carl Kabrun

Literatur

BAHLMANN, P.: Volkssagen aus den Kreisen Tecklenburg und Iburg. Münster i.W. 1913

HUNSCHE, F. E. (Hg.): Sagen und Geschichten aus dem Tecklenburger Land. Ibbenbüren 1982³

PRUSS, W.: Rund um das Heilige Meer. Aus Sage und Geschichte des Kreises Tecklenburg. Münster i. Westf. 1934

SCHIRMEYER, L.: Osnabrücker Sagenbuch. Osnabrück 1967³

SCHLIPKÖTTER, G. / PFERDMENGES, F.: Das Westfälische Sagenbuch. Für die Jugend erzählt. Leipzig o.J. (Dürr's Sammlung Deutscher Sagen. Bd. 5)

STROTHMANN, H.: Wasserversorgung im Tecklenburger Land einst und heute. Ibbenbüren 2001